옮긴이 유예진

프루스트를 전공하여 문학박사 학위를 받았다. 지은
책으로『프루스트의 화가들』,『프루스트가 사랑한 작가들』,
『프루스트 효과』가 있고, 옮긴 책으로 마르셀 푸르스트의
『독서에 관하여』, 사뮈엘 베케트의『프루스트』등이 있다.

마르셀 프루스트

❧ ❧ ❧

어느 존속 살해범의 편지

그리고 그 밖의 짧은 글들

유예진 옮김

ᕹ현암사

1900년의 프루스트.

1891년 무렵의 프루스트.(가운데 무릎 꿇고 앉은 사람)

↑ 1901년 무렵 사교계 지인들과 함께.(맨 뒷줄 왼쪽에서 세 번째)
↓ 프루스트와 어머니, 남동생 로베르.(왼쪽부터 순서대로)

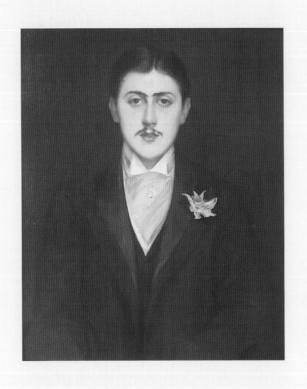

자크에밀 블랑슈가 그린 「프루스트의 초상」 (1892).

프루스트와 친구인 로베르 드 플레르(좌), 뤼시앵 도데(우).

1915년, 지인인 셰이케비치 부인에게 증정한 『스완네 집 쪽으로』.
책의 앞쪽 빈 페이지에 여덟 쪽에 이르는 글을 써서 주었다.

『꽃핀 소녀들의 그늘에서』 교정지.
교정쇄 사이사이에 메모를 적어두었다.

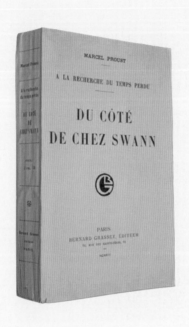

1913년 출간된 『잃어버린 시간을 찾아서』의
첫 권인 『스완네 집 쪽으로』의 초판.

프루스트의 묘. 파리 페르 라셰즈 묘지에 영면해 있다.

일러두기

- 주석은 프루스트의 것일 경우 '원주'라고 표기했으며 나머지는 옮긴이가 프랑스 출판본의 편집자 주석을 참고하여 작성했다.
- 이 책의 번역 대본으로는 Gallimard 출판사에서 출간된 프루스트의 Contre Sainte-Beuve précédé de Pastiches et mélanges et suivi de Essais et articles(1971)를 사용했다.

차례

'나', 프루스트

존 러스킨과 성당

독서

잃어버린 시간을 찾아서

'나', 프루스트

어느 존속 살해범의 편지

몇 달 전, 반 블라랭베르주 씨가 사망했을 때 나의 어머니가 그의 아내를 잘 알고 지냈다는 사실이 떠올랐다. 부모님이 돌아가신 후 나는 덜 나 자신이고(여기서 그 의미를 구체적으로 설명하는 것은 마땅치 않다) 더 부모님의 아들이다. 친구들로부터 멀어지지 않으면서 나는 보다 기꺼이 부모님의 친구들에게 다가간다. 그리고 요즘 내가 쓰는 편지들은 대부분 부모님이 썼을 것이라 생각되는 것들로, 그분들이 더 이상 쓸 수 없기에 내가 대신 쓰는 축하 편지라든가 특히 조의를 표하는 편지들이며, 때로는 내가 거의 알지 못하는 부모님의 친구들이 수신자이다. 그래서 반 블라랭베르주 부인이 남편을 떠나보낼 때 나는 나의 부모님이 느꼈을 법한 슬픔을 그녀에게 전달하고자 했다. 더구나 이미 여러 해 전 공통의 지인 집에서 내가 반 블라랭베르주 부부의 아들과 가끔 저녁 식사를 함께 했던 사실이 떠올랐다. 이 같은 심정에서 나는 내 이름으로서보다는 돌아가신 부모님의 이름으로 그들의 아들에게 편지를 썼던 것이다. 답신으로 나는 그로부터 아래의 아름다운, 진정한 효심이 느껴지는 편지를 받았다. 이 편지에 담긴 마음은 이후 그토록 빨리 벌어진 비극 때문에 갖게 된 의미로 인해, 또한 반대로 이 비극이 편지에 담긴 마음에 의해 갖게 된 의미로 인해 공개되어야 한다고 생각했다. 편지는 다음과 같다.

제가 고통 속에 빠져 있을 때 당신께서 보여주신 따뜻함에 충분히 감사드리지 못해서 죄송합니다. 너그러이 이해해주시기 바랍니다. 상심이 너무나 커서 저는 의사들의 조언에 따라 4개월간 쭉 여행을 했습니다. 이제 겨우 일상으로 돌아왔습니다만 여전히 너무나 고통스럽습니다.

비록 너무 늦은 감이 있지만 오늘에서야 비로소 저는 당신께서 예전에 우리가 유지했던 훌륭한 관계를 뚜렷하게 기억하고 계신 점, 그리고 너무나도 일찍 돌아가신 당신 부모님의 이름으로 제게 그리고 제 어머니에게까지 조의를 표해주신 점에 크게 감명받았음을 말씀드리고 싶습니다. 저는 개인적으로 당신의 부모님을 아는 영광을 갖지는 못했습니다만, 제 아버지께서 당신의 아버지를 얼마나 뛰어난 분으로 여기셨는지, 또 저의 어머니께서는 당신의 어머니를 뵐 때면 얼마나 즐거워하셨는지를 잘 압니다. 무덤 너머에서부터 그분들의 전갈을 당신께서 보내주시다니 당신의 배려심과 섬세함에 감동했습니다.

저는 곧 파리에 돌아갈 것입니다. 제 삶의 이유이자 즐거움의 근원이었던 아버지의 부재가 제게 불러일으킨, 혼자 고립되고자 하는 이 필연성을 만약 제가 이겨낸다면, 당신께로 가서 당신의 손을 잡고 당신과 옛 이야기를 기꺼이 나누고자 합니다.

진심을 담아.

탱브리외, 조슬랭(모르비앙)에서

1906년 9월 24일

H. 반 블라랭베르주

나는 이 편지에 크게 감명받았다. 이렇게 괴로워하는 이가 가여웠으며 한편으로는 그가 부러웠다. 그에게는 그가 위로해줄 대상인 어머니가 있었고, 어머니를 위로하면서 그 스스로를 위로할 수 있었다. 나를 보러 오겠다는 그의 편지에 답신을 하지 못한 이유는 그것이 물리적으로 불가능했기 때문이다. 그의 편지는 내가 가지고 있던 그에 대한 기억을 한층 호의적으로 바꾸었다. 그가 편지에 쓴 우리가 유지했다던 '훌륭한 관계'는 사실 그저 평범한 사교적인 관계일 뿐이었다. 우리가 가끔 함께 식사를 하던 자리에서 나는 그와 대화를 나눌 기회가 거의 없었다. 하지만 초대한 주인의 판단력은 지금도 그렇지만 당시에도 뛰어났기에, 앙리 반 블라랭베르주라는 인물이 상당히 평범하고 그가 속한 계층을 대변하는 듯한 외양보다 실제로는 한층 독보적이고 생동감 넘치는 정신의 소유자임을 보증해주었다. 그 밖에도 우리의 이토록 작지만 거대한 뇌가 무수히 축적하는 기억의 신비로운 순간들 중에 앙리 반 블라랭베르주를 찾아내려 애쓸 때 내가 발견하는 것은 언제나 미소 띤 그의 얼굴, 특히 미소를 머금고 있는 그의 섬세한 시선과 재치 있는 응수를 하고 난 그의 입가다. 흔히 '회상'이라는 단어로 칭하는 활동을 할 때 그에 관해서 떠오르는 인상은 호감 가고 상당히 명석한 인물이란 점이다.

우리의 눈은 우리가 기억이라고 부르는, 과거에 대한 능동적인 탐색에서 생각보다 훨씬 중요한 역할을 한다. 과거의 어떤 것을 찾아내어 그것에 다시 생명을 불러일으키려는 순간, 기억을 떠올리기 위해 노력하는 어

'나', 프루스트

떤 이의 눈을 바라보면 조금 전만 해도 고정되었던 눈이 원래 형태를 잃고 순간적으로 공허해지는 것을 볼 수 있을 것이다. "당신의 눈을 보니 다른 생각을 하고 계시는군요" 하고 사람들은 말한다. 그 순간에 사람들은 당신의 생각 속에서 벌어지는 현상의 이면을 볼 수 있을 뿐이다. 그렇게 되면 세상에서 가장 아름답던 눈은 그 아름다움이 호소력을 잃고, H. G. 웰스의 표현을 빌리자면 다른 의미에서의 '타임머신', 혹은 나이가 들수록 가시거리가 길어지는 망원경이 된다. 종종 너무나 다른 시간들에 적응하며 회상하기 위해 피로해진 노인들의 혼미한 시선, 살아온 '날들의 그림자'를 거치면서 과거로 거슬러 때로는 50~60년 전으로 착륙하는 여정의 시선을 볼 때가 있다. 마틸드 대공부인의 매력적인 두 눈이 회상을 하며 어느 위대한 인물이나 세기 초를 기념하는 놀라운 공연 등 특정 이미지에 고정되면 그녀의 눈이 품고 있는 아름다움이 어떻게 바뀌고는 했는지를 잘 기억한다. 그러한 이미지는 오로지 그녀의 두 눈만이 품고 있는 것으로 우리는 결코 보지 못한다. 과거를 현재에 최단거리로 신비롭게 이어 부활시키는 그녀의 시선을 마주하는 순간들이면 나는 어떤 초자연적인 느낌을 받곤 했다.

호감 가며 상당히 명석한 인물, 이것이 내 기억이 간직하는 앙리 반 블라랭베르주에 대한 긍정적인 이미지 중 하나이다. 하지만 그의 편지를 받은 후 나는 기억 안쪽에 있던 이 같은 이미지에 수정을 가했다. 한층 더 깊은 감수성과 진중함을 소유한, 처음에 내가 단순히 긍정적으로만 여겼던 인상보다 훨씬 더 흥미롭고 자애로운 시선과 풍모를 갖춘 인물로 말이다. 가장 최근에 나는 그가 이사장으로 있던 동부철도회사 소속의 한 직원에 관해 문의를 한 적이 있다. 지인 하나가 그 사람에게 관심을 보였기 때문인데, 나는 그로부터 다음과 같은 답신을 받았다. 그 편지는 1월 12일에 작성된 것으로 우리 집 주소가 바뀌는 바람에 내게는 1월 17일에야 도착했다. 오늘로부터 보름 전이자 그 비극이 벌어지기 겨우 일주일 전이다.

친애하는 선생님,

동부철도회사에 ×라는 직원이 여전히 근무하고 있는지, 그의 주소 등에 대해 문의했습니다만 아무것도 알아낼 수 없었습니다. 이름이 확실하다면, 그 사람은 더 이상 회사에 근무하지 않고 아무 흔적도 남기지 않고 떠났습니다. 임시 보조직으로 근무했던 것 같습니다.

당신의 부모님께서 그렇게 일찍 안타깝게 돌아가신 후 당신의 건강이 악화되었다니 너무나 염려됩니다. 이런 말씀을 드리는 것이 조금이나마 위안이 되기를 바랍니다만 저 또한 아버지의 죽음이 저를 온통 뒤흔들어 놓은 후 육체적으로나 정신적으로 추스르기가 무척 힘듭니다. 희망을 잃으면 안 되겠지요……. 1907년이 제게 무엇을 기약할지 모르겠습니다만 당신도, 그리고 저도 나아지기를 바랍니다. 상황이 허락한다면 다가올 몇 달 내에 당신을 뵐 수 있기를 기대합니다.

깊은 감사의 마음을 담아 이만 마치겠습니다.

비앙프장스로 48번지

1907년 1월 12일

H. 반 블라랭베르주

이 편지를 받고 5~6일이 지났을 무렵, 나는 아침에 일어나면서 답장을 쓰고자 했다. 그날은 하늘의 '거대한 파도'와도 같이 예기치 못한 매서운 추위가 찾아온 날로, 추위가 인간과 자연 사이를 가른 도시의 모든 벽들을 뒤덮으며 창문을 뒤흔들고, 방까지 침투하여 날카로운 감촉으로 움츠러든 어깨 위에 필연적인 힘의 공격적인 귀환을 알렸다. 갑작스러운 온도계의 변화와 더욱 강력한 한파를 예고하는 두려운 날들. 그런 폭력성 앞에서는 어떤 즐거움도 느낄 수 없다. 사람들은 눈이 내릴까 일찌감치 염려한 반면, 앙드레 리부아르의 아름다운 시구처럼 사물들은 '눈을 기다리는' 것처럼 보였다. 저기압이 '발레아루스 제도를 향하고' 있을 뿐일 때, 신문에서 이야기하는 것처럼, 지진에 의한 떨림이 자메이카에서 미약하게 느껴지기 시작할 뿐일 때 파리에서는 두통 환자, 관절염 환자, 천식 환자, 그리고 틀림없이 미치광이까지 발작을 일으키게 된다. 신경증 환자들은 지구 상에서 아무리 멀리 떨어져 있더라도 그들 스스로는 원하지 않겠지만 매우 강한 연대감으로 연결되어 있는 법이기 때문이다. 만약 별들이 그들 중에서 적어도 어떤 특정한 이들에게 영향을 끼친다면 다음 시구를 더 잘 적용시킬 수 있는 신경증 환자는 누구일 것인가.

그리고 긴 명주실이 그를 별들에 이어준다.

아침에 일어나 나는 앙리 반 블라랭베르주에게 답장 쓸 준비를 했다. 하지만 그보다 먼저 《피가로》지를 훑어보고 싶은 마음이 들었다. '신문을 읽는다'는 이 끔찍하고 향락적인 행위는 지난 24시간 동안 세상에서 벌어진 온갖 불행과 천재지변, 5만 명의 사상자가 발생한 전투, 파업, 도산, 화재, 독살, 자살, 이혼, 국가원수나 연극배우의 잔혹함 등을 그것들로부터 아무 상관이 없는 우리에게는 아침을 여는 대향연으로 바꾸어 카페라테 몇 모금과 함께 한층 자극적이고 생동감 넘치는 방식으로 소화를 돕는 역할을 뛰어나게 수행한다. 《피가로》지를 묶고 있던 가느다란 끈, 지상의 모든 비참함으로부터 우리와의 거리를 유지시키던 그 끈을 대수롭지 않게 끊어버리자 첫 면부터 '불행이 근본 요소'인 듯한 수많은 이들에 관한 자극적인 소식들이 잔뜩 튀어나왔고, 우리는 그러한 소식을 아직 미처 접하지 못한 이들에게 또 얼마나 신이 나서 전달할 것인지, 아침에 눈을 뜨면서 더없이 별 볼 일 없다고 느껴진 삶에 일순 무한한 애착을 느낀다. 때로 만족감으로 가득 찬 우리의 눈이 눈물로 젖어든다면 그것은 다음과 같은 문장을 읽을 때다. "무거운 침묵이 모든 이의 가슴을 짓누른다. 북소리가 드넓게 울려 퍼지고 군인들은 무기를 든다. 거대한 함성이 메아리친다. '팔리에르 대통령 만세!'" 바로 이런 것이 우리의 눈물샘을 자극하는 것이다. 그에 반해 우리 주변 가까이에 흩뿌려져 있는 불행에는 무감각하다.

헤라클레스의 고통에만 반응하는 실력이 형편없는 배우들의 눈물과 그보다 한층 더 속되지만 대통령의 순방 여행을 접하며 흘리는 눈물일 뿐이다.

하지만 그날 아침 읽은 《피가로》에서 특별히 흥미를 끄는 기사는 발견할 수 없었다. 나는 호기심 어린 눈으로 화산 폭발과 장관급 회담과 불량배들의 결투를 훑어보았고 「광기의 비극」이라는 제목 아래 서술된 잡보란에 실린 기사를 막 읽기 시작한 참이었다. 그 기사의 제목은 아침을 맞아 아직 덜 깬 나의 감각을 맑게 하기에 적당한 내용을 담고 있는 듯했다. 그러다 갑자기 피살자가 반 블라랭베르주 부인이며, 살해자는 그 자리에서 목숨을 끊은 그녀의 아들, 앙리 반 블라랭베르주라는 사실을 알게 되었다. 그의 편지는 답신을 기다리며 여전히 내 옆에 놓여 있었다. "희망을 잃으면 안 되겠지요. 1907년이 제게 무엇을 기약할지 모르겠습니다만 당신도, 그리고 저도 나아지기를 바랍니다." 희망을 잃으면 안 되겠다니! 1907년이 무엇을 기약할지 모르겠다니! 인생은 그에게 답하기까지 그리 오래 기다리지 않았다. 1907년은 올해의 첫 달이 과거가 되는 것을 허락하지 않은 채 그에게 소총과 권총, 그리고 단검을 선물로 안겨주었으며 이와 더불어 그리스의 들판에서 목동들과 양 떼를 무참히 살육하게끔 아테나가 아이아스의 영혼에 씌웠던 눈가리개도 주었다.

그의 눈에 거짓을 보여준 것은 나다. 그는 맹목적으로 돌진하여 칼을 휘둘러 그리스 장수들을 죽인다고 생각하며 이 사람, 저 사람을 쓰러뜨렸다. 그리고 나는 분노의 광기에 휩싸인 자를 더욱 흥분시켰으며 계략에 빠뜨렸다. 그리하여 그는 그곳에 땀범벅이 된 얼굴과 피로 물든 손으로 들어왔다.*

미치광이는 살육할 때 자신이 무슨 짓을 하는지 알지 못하지만, 광기가 지나가면 극도의 고통을 맞는다. 아이아스의 아내 테크메사는 말한다.

그의 광기는 끝났고 그의 분노도 노토스의 숨결처럼 사라졌습니다. 하지만 정신이 돌아오자 이제 그는 새로운 고통으로 몸부림쳤지요. 다른 사람이 아닌 자기 손으로 행해진 이 같은 악을 바라보는 것은 고통을 더욱 증폭시킬 뿐이었습니다. 무슨 일이 벌

* 소포클레스의 『아이아스』 중에서.

어졌는지 깨달은 순간부터 그는 처절한 외침과 함께 탄식했어요. 남자가 우는 것은 용납할 수 없다고 습관처럼 말하던 그였지요. 그는 꿈쩍도 않고 앉은 채 절규하고, 스스로를 거스르는 검은 운명을 계획하고 있음이 분명했어요.*

하지만 광기가 지나갔을 때 앙리 반 블라랭베르주의 두 눈에 보인 것은 살육당한 양 떼도 목동들도 아니었다. 고통만으로 즉사하지는 못한다. 살해당한 어머니의 모습을 본 것만으로, 죽어가는 그녀가 톨스토이의 작품 속 안드레이의 아내가 그랬던 것처럼** 내지른 "앙리, 내게 무슨 짓을 한 거냐! 내게 무슨 짓을 한 거냐!" 외침을 들은 것만으로는 그 자리에서 죽지 않았기 때문이다. 《르 마탱》지는 이렇게 기술한다.

> 1층과 2층 사이의 층계참에 도착한 이들(어쩌면 부정확할 수도 있겠으나 그 기사에서 하인들은 도망치듯 한 번에 네 칸씩 내려오는 모습으로 묘사된다)은 고통으로 얼굴이

---

* 소포클레스의 『아이아스』 중에서.
** 톨스토이의 『전쟁과 평화』를 말한다.

일그러진 반 블라랭베르주 부인이 계단을 두어 칸 내려오며 외치는 모습을 보았다. "앙리! 앙리! 무슨 짓을 한 거냐!" 그녀는 피를 흘리며 두 팔을 하늘로 뻗더니 머리를 숙인 채 그 자리에 쓰러졌다. …… 경악한 하인들은 도움을 청하기 위해 다시 계단을 내려왔다. 이후 부름을 받은 네 명의 경관이 잠겨 있던 살인자의 방문을 강제로 열고 들어갔다. 단검으로 자신의 몸에 스스로 만든 상처들 말고도 총구를 직접 대고 쏜 그의 얼굴 왼쪽 전체가 사라져버렸다. 눈알 하나가 베개 위에 뒹굴고 있었다.

이 부분에서 내가 떠올린 것은 더 이상 아이아스가 아니다. "베개 위에 뒹굴고 있는" 그 눈에서 나는 인류 고통의 역사가 우리에게 가장 끔찍한 방식으로 남긴 비극적인 오이디푸스의 눈을 알아본다.

오이디푸스 왕께서는 크게 비명을 내지르며 빠른 걸음으로 이리저리 걷다 칼을 달라고 하셨습니다. …… 끔찍한 비명과 함께 문에 덤벼들어 빗장을 부수고, 밧줄에 목이 감겨 허공에 매달려 있는 이오카스테 왕비를 발견하셨지요. 그런 모습의 그녀를 본

저주받은 자는 공포심에 몸서리치며 밧줄을 풀었고, 어머니의 몸은 바닥에 떨어졌습니다. 그는 사람들에게 자신을 고통스럽게 한 불행과 자신이 야기한 악을 보지 말라고 말하며 이오카스테의 옷에 있던 황금 옷핀을 떼어내 그것으로 두 눈을 찔렀습니다. 저주를 퍼부으며 두 눈을 부릅뜬 채 계속해서 찔렀습니다. 피를 쏟는 그의 눈알은 하나의 검은 핏덩어리가 되어 뺨을 타고 흘러내렸습니다. 그는 모든 카드모스인들에게 존속 살해범의 모습을 보여주라고 소리쳤습니다. 이 지상에서 추방당하기를 원한다면서요. 아! 옛날부터 내려오던 행복은 그 순간 진정 새로운 이름을 갖게 되었습니다. 그날부로 비탄과 재난, 죽음, 치욕 등 이름을 가진 모든 악들에게 부족한 것은 없게 되었지요.*

앙리 반 블라랭베르주가 어머니의 죽음을 보며 느꼈을 고통에 대해 생각하며 나는 또 다른 불행한 미치광이, 딸 코델리어를 꽉 껴안고 있는 리어왕을 떠올린다.

* 소포클레스의 『오이디푸스 왕』 중에서.

아! 이 아이는 영원히 떠났구나! 이 아이는 이 세상과 함께 끝났다. 안 돼, 안 돼, 숨이 멎다니. 왜 개는, 말은, 쥐는 생명이 있는데 너는 숨결조차 없느냐? 너는 결코, 결코, 결코, 결코 돌아오지 않을 테지! 보아라! 그녀의 입술을 보아라! 그녀를 보아라!

끔찍한 상처에도 불구하고 앙리 드 블라랭베르주는 즉사하지 않았다. 그 자리에서 형사가 한 행동이 내게는 더 잔인하게(그런 행동이 필요한지는 몰라도 실제로 그러한 비극이 무엇을 의미하는지 누가 확신하겠는가? 카라마조프가의 형제들을 떠올려보라) 느껴졌다.

그는 죽은 것이 아니었다. 형사가 그의 어깨를 잡고 말했다. "내 말이 들리십니까? 대답해보세요." 그러자 살인범은 멀쩡한 한쪽 눈을 뜨고 한 번 깜빡이더니 다시 의식을 잃었다.

이 무자비한 형사에게 나는 의식을 잃은 리어왕, 앞서 언급한 바로 그 『리어왕』의 한 장면에서 왕을 흔들어 깨우려던 에드거를 제지하며 켄트 백작이 했던 다음 말을 전해주고 싶다. "멈추시오! 그의 영혼을 방해하지 마시오! 아! 그냥 가게 내버려두시오! 이런 험한 인생의 바퀴 위에 조금이라도 더 붙잡아두려는 것은 그를 모욕하는 짓이오."

　내가 이런 비극적인 위대한 인물들의 이름, 특히 아이아스와 오이디푸스를 반복해서 언급하더라도 독자는 내가 왜 그러는지, 또 내가 왜 위 편지들을 공개하고 지금 이런 글을 쓰는지 이해해야 한다. 그를 사로잡았으나 더럽히지는 못한 광기와 피의 폭발이 도덕적 숭고함으로 가득한 그 얼마나 순수하고 신성한 분위기 속에서 발생했는지를 나는 보여주고 싶었다. 나는 하늘에서 내려준 숨결로 그 방의 죄악을 날려버리고자 했다. 그것의 재연은 거의 종교적 의식에 가까운 이 사건, 신문의 잡보란에 실릴 법한 이 사건이 정확히 고대 그리스 비극과 일치한다는 것, 이 가여운 존속 살해범은 극악무도한 범죄자나 감히 인간이기를 거부하는 파렴치한이 아니라 지성으로 충만한 영혼의 소유자임과 동시에 자애롭고 경건한 아들, 무엇으로도 피할 수 없는 운명—많은 사람들이 말하는 것처럼 병적인 운명이라고 표현해보자—이 영원히 그 명성을 남길 죄악과 속죄에 내동댕이쳐 버린 아들임을 증명하고 싶었다.

　쥘 미슐레는 "나는 죽음을 거의 믿지 않는다"라고 매

우 경탄할 만한 글에서 밝힌 바 있다. 여기서 사실 그는 해파리에 대해 이야기하고 있다. 한낱 해파리에게 죽음은 삶과 그리 다를 바가 없으며 그 죽음이 특별한 것도 아니다. 따라서 미슐레가 위의 문장을 썼을 때는 위대한 작가라면 모두가 어느 정도 갖고 있으며 특별한 요리도 빨리 완성하게 만드는 '기본 양념장'을 사용한 것은 아닌지 자문하게 된다. 그런 양념장 덕분에 그들은 고객이 요구하는 특식을 곧바로 내놓을 수 있다. 하지만 나는 특별한 어려움 없이 어느 해파리의 죽음을 믿을 수는 있지만, 한 사람의 죽음을 그토록 쉽게 믿을 수는 없다. 비록 그것이 그의 이성이 순간적으로 흐려지거나 상실되는 경우라 해도, 영혼의 지속성에 대한 믿음이 너무나도 크다. 가당치 않은 일이다! 조금 전만 해도 삶을 지배하고, 죽음을 지배하고, 우리에게 존경심을 불러일으켰던 그의 영혼이 이제는 삶에 의해, 죽음에 의해 지배를 받고, 그렇게 빨리 빈껍데기가 된 것 앞에서 도저히 경의를 표할 수 없는 우리의 영혼보다도 약해지다니! 그것은 노인에게서 목격하게 되는 능력의 쇠약, 죽음과도 같이 미친 짓이다. 가당치도 않은 일이다! 위에서 공개한 편지를 썼던 그토록 고귀하고, 현명했던 남자가 이제는……?

하물며 매우 사소한 것들까지 언급하자면, 물론 여기서는 그런 사소한 것들이 매우 중요하지만, 살아가면서 당면해야 하는 매우 작은 문제들까지 그토록 합리적으로 해결하고, 편지에 우아하게 회답하고, 의무를 정확하게 이행하고, 주변 사람들의 의견에 신경을 쓰며, 그들에게 중요한 사람으로 인식되기를 원하거나, 적어도 상냥하게 보이기를 원했던 자, 그토록 섬세하고 정성스럽게 사교의 체스판 위에서 말을 옮기던 그가……! 내가 이런 사소한 것들이 여기서 매우 중요하다고 언급한 이유, 그리고 나 말고는 아무도 관심 있게 읽지 않을 그의 두 번째 편지의 서두를 굳이 다 공개한 이유는 그 부분에 담겨 있는 실질적인 행동에 대한 정보가 편지의 말미에 담겨 있는 아름답고 깊은 슬픔보다 한층 더 많은 것을 내포하고 있기 때문이다. 종종 이미 파괴되기 시작한 영혼의 경우 밑동은 이미 피해를 입어 손쓰기 힘든 상태가 되었을지라도 줄기나 윗부분은 여전히 푸른 잎을 품고 있는 나무와도 같다. 여기서도 그의 영혼의 끝자락은 온전한 상태다. 조금 전 나는 그의 편지들을 옮겨 씀으로써 그렇게나 명확하고 세련된 필체로 써 내려 간 그의 손끝에 담긴 극도의 섬세함과 놀라운 확신을 느끼고 싶었다.

'나', 프루스트

"내게 무슨 짓을 한 거냐! 내게 무슨 짓을 한 거냐!"
우리가 조금만 더 생각한다면 그녀의 마지막 날, 혹은 그보다 훨씬 전에 아들에게 이런 비난의 말을 하지 못할 무조건적으로 선한 어머니는 없을 것이다. 근원적으로 우리는 우리를 사랑하는 모든 이들에게 근심을 안김으로써, 걱정으로 가득한 애정을 불러일으킴으로써 매일매일 그들을 불안에 떨게 하고, 나이 들게 하고, 결국은 그들을 살해한다. 우리가 사랑했던 이들에게 일어난 다음과 같은 변화를 볼 수 있다면, 즉 고통으로 가득한 애정에 의해 몸은 서서히 파괴되었고, 두 눈은 생기를 잃었으며, 영원히 새까맣고 무성할 것만 같았던 머리가 어느새 힘을 잃은 채 하얗게 변해 있고, 동맥은 경화되었고, 신장은 꽉 막혔으며, 심장은 갑갑해지고, 남아 있는 날들 앞에서 용기는 사라지고, 무거운 걸음은 더 느려지고, 한때는 무엇도 꺾을 수 없을 것만 같던 희망 덕분에 그렇게나 근거 없이 자유롭게 차오르던 정신이 이제는 더 이상 아무것도 희망할 것이 없다는 사실을 알고, 슬픔과 그토록 잘 어울렸던 타고났다고 믿은 경쾌함은 이제 영원히 고갈되었다는 것을 볼 수만 있다면, 공상으로 가득한 삶을 산 많은 자들이 돈키호테의 경우처럼 삶의 마지막 순간에 너무 늦게 찾아오는 명석함으로 이러한 모든 것들을 볼 수 있게 되는 것처럼, 만약 정말 그렇다면, 그 사람은 앙리 반 블라랭베르주가 어머니를 칼로 찔러 죽였을 때 그랬던 것처럼 그 자신의 삶이 저지른 끔찍함 앞에서 경악하고 그 자리에서 목숨을 끊기 위해 권총에 몸을 내던질 것이다. 그러나 대부분의 경우 그토록 고통스러운 깨달음(사람들이 그 경지에까지 올라갈 수 있다는 가정하에)은 삶이 약속하는 듯한 즐거움이 첫 번째 광선을 내비치자마자 머릿속에서 금세 사라진다. 하지만 과연 어떤 즐거움이, 어떤 삶의 이유가, 어떤 삶이 그와 같은 깨달음에 저항할 수 있겠는가? 그 깨달음과 그 즐거움 중에게 무엇이 진실이며 '진리'인가?

1차 발표: 1907년《피가로》
2차 발표: 1919년『모작과 잡록』

　　　　　'나', 프루스트

할머니

힘이 다했음에도 살아가는 사람들이 있고, 목소리가 없음에도 노래하는 사람들이 있다. 이들이야말로 매우 흥미로운 존재들이다. 자신에게 없는 요소를 지성과 감성으로 대체하는 데 성공한 이들이기 때문이다. 오늘 우리는 우리의 동료이자 친구인 로베르 드 플레르의 할머니 로지에르 부인을 말지외에 묻어드렸다. 그녀야말로 지성과 감성으로 자신을 가득 채운 존재였다. 다른 할머니들처럼 그녀도 손자에 대한 사랑으로 평생 걱정을 안고 지내느라 자신의 건강을 챙기지 못했지만, 대신 위대한 인물이 그렇듯 로지에르 부인에게는 생동감이 넘쳤다. 너무나 가녀리고 왜소했던 그녀는 언제나 다양한 질병의 위협을 받았으나 그럴 때마다 극적으로 극복했고, 이제는 정말 마지막이라는 생각이 들 때도 다음날이면 완전히 회복한 모습으로 등장해서 깜짝 놀라게 했으며 손자가 명예와 행복을 향해 나아가는 길을 항상 멀리서 지켜보았다. 자신에게 어떤 방식으로든 그러한 빛이 비치기를 바라서가 아니라 여전히 할머니의 손길이 손자에게 어느 정도 필요한 것은 아닌지 살피기 위해서였다. 그녀는 진정으로 그러길 바랐을 것이다. 말 그대로 죽음 외에는 아무것도 그들을 헤어지게 할 수 없을 터였다.

로베르 드 플레르가 잠시 여행이라도 떠나면 로지에르 부인이 흘리는 눈물을 봤던 나는 그가 결혼하게 될 때를 생각하며 그녀를 걱정하지 않을 수 없었다. 그녀는 입버릇처럼 로베르가 빨리 결혼했으면 좋겠다고 했지만 그건 미래에 닥칠 상황에 스스로를 익숙하게 만들려는 방편이란 생각이 들었다. 마음 깊은 곳에서는 손자의 대학 입학이나 군 입대보다 결혼이 훨씬 더 두려운 난관으로 느껴졌으리라. 이미 위에 언급한 두 차례의 이별로 그녀가 얼마나 힘들어했었는지는 신만이 알 것이다. 그리고 여기서 이런 말을 해도 될까 싶지만, 나는 로베르의 결혼이 로지에르 부인에게만 슬픔을 주지는 않을 것이라 생각했다. 그녀의 손자며느리를 말하는 것이다. 손자에 대한 할머니의 사랑처럼 강력한 감정은 그 대상을 다른 사람과 나누어야 할 때 언제나 조화로운 상황으로 발전하지는 않는다. 로베르의 아내가 된 여인은 이렇게 걱정스러울 수도 있는 결혼 생활을 놀라울 정도로 간단히 로베르와 그녀 자신, 그리고 로지에르 부인 모두에게 행복의 시간으로 바꿔놓았다. 세 사람은 하루도 빠짐없이 함께했고, 결코 언쟁하는 법도 없었다. 로지에르 부인은 손자 부부와 계속 같이 지내지는 않을 것이며 곧 나가서 살 거라고 말했지만 그렇게 하는 것이 가능하리라 아무도, 로베르나 그의 아내, 심지어 그녀 자신조차도 믿지 않았다고 나는 확신한다. 그녀는 관 속에 누워서야 손자 부부의 집에서 나오게 되었다.

로베르와 관련해 내가 생각하기에 상당한 어려움이 있을 것이라 예상했던 어려움이 가스통 드 카야베, 그리고 물론 그의 아내의 도움과 배려로 매우 다행스럽게 해결된 적이 있었다. 로베르 드 플레르에게 공동 저자가 생긴 것이다. 할머니가 보기에는 이 세상에서 가장 재능이 많고 글재주가 뛰어난 손자가 대체 무슨 공동 저자가 필요하냐며 놀랄 수도 있겠다. 하지만 결국 이조차 그녀에게는 아무 문제도 아니었다. 손자가 공동 집필하여 작품을 출간한 경우, 잘 쓰인 부분은 로베르가 쓴 것일 테고 행여나 좀 덜 훌륭한 부분이 있다면 그것은 다른 그 오만한 저자가 쓴 것일 테니까. 그런데

'좀 덜 훌륭한 부분'은 찾아볼 수 없었고, 그렇다고 로지에르 부인이 로베르가 모두 썼다고 주장하지는 않았다. 두 작가가 공동 서명하여 작품을 발표할 때마다 뒤따랐던 성공이 카야베가 합류한 덕분이라고 그녀가 믿었다고 말하지는 않겠다. 두 작가의 조화로운 작업 과정을 보며 그녀는 다른 성향의 재능이 각각 기여한 부분을 정확히 꿰뚫고 있었다. 무엇보다 그녀의 지성은 강력한 무기였고, 그로 인해 공정성을 유지했다. 바로 이런 이유 때문에 지성이 빠질 수 있는 여러 함정에도 불구하고 우리는 그것이 무엇보다 긍정적이고 필요하다고 여기게 된다. 오로지 지성만이 정의를 구현할 수 있다고 믿게 된다. "지성과 정의는 위대한 두 신이다."*

생의 마지막 시기에 로지에르 부인은 주베르나 데카르트처럼 자기 방을 떠난 적이 거의 없었고, 하루 종일 침대에 누워 지냈다. 실제로 많은 사람들이 이 두 철학자처럼 하지만 그렇다고 전자의 섬세한 영혼이나 후자의 강력한 영혼을 소유하게 되는 것은 아니다. 그러나 로지에르 부인은 특별했다. 샤토브리앙은 주베르가 두 눈을 감은 채 침대에 누워서만 지냈다고 기록하면서도,

---

* 장 라신의 비극 『아탈리』(1691) 중.

그런 때야말로 그의 영혼이 가장 바쁘게 활동한 순간이었다고 전한다. 같은 이유로 파스칼은 데카르트가 자신에게 한 충고를 따를 수가 없었다. 세비네 부인의 손자가 젊었을 때 받은 바 있는 처방처럼 조용한 환경에서 휴식을 취할 것을 권고받은 환자들의 경우, 그들의 생각은 소란을 피우고 있는 것과 같다. 생애 마지막 몇 년, 히아신스 색을 띠던 그녀의 아름다운 두 눈은 그녀 내면에서 벌어지는 일들을 더 잘 투영하게 된 반면 주변에서 발생한 일을 그녀에게 보여주기는 멈추었다. 그녀의 두 눈은 거의 아무것도 보지 못하게 되었다. 적어도 그녀는 그렇게 말했다. 하지만 로베르가 아주 조금이라도 안색이 안 좋으면 그녀가 가장 먼저 알아보았다고 나는 확신한다. 로베르 외에 다른 것은 볼 필요가 없었기 때문에 그녀는 행복했다. 말브랑슈의 표현을 빌리자면 그녀가 사랑했던 모든 것은 로베르를 '통해서'만이었다. 그는 그녀의 신이었다.

그녀는 로베르의 친구들에게 관대한 동시에 엄격하기도 했다. 친구들 중 누구도 손자에게 합당해 보이지 않았기 때문이다. 그런데 나에게만큼은 대단히 관대했다. 그녀가 내게 "로베르는 너를 형제처럼 여기고 있단다"라고 말할 때면 그 어투는 마치 '내 말이 무색해지지 않도록 노력할 거지?'와 '그래도 너는 아주 조금은 봐줄 만한 아이라고 할 수 있겠구나'를 동시에 의미하는 것 같았다. 실명 상태에 가까웠기에 그녀는 나에게 재능이 있다고 착각하기도 했다. 손자와 그렇게나 많은 시간을 보낸 친구에게 손자의 재능이 얼마간 전해지지 않을 리 없다고 여긴 것이 틀림없다.

로베르 드 플레르와 할머니의 애정만큼 완벽한 애정은 절대로 끝날 수가 없었다. 자신의 존재의 이유, 목적, 만족, 의미, 해석을 가지고 있는 상대방인데 그런 사람과 어떻게 그저 수십 억 다른 인간 존재와 마찬가지로 무한의 시간 속에서 잠시 스친 후 헤어진다고 생각할 수 있을까? 그것이 가능한가? 로지에르 부인이라는 이 열렬하고 고귀한 책을 구성하는 모든 글자들이 한순간 공허하고 단순한 문자들로 바뀌는 것이 가능한가? 나처럼 지나치게 일찍 책과 사람의 마음을 읽는 습관이 생겨버린 이들은 그것이 가능하다고 결코 믿지 않는다.

이미 오래전부터 로베르와 그녀는, 서로 말은 하지 않았지만 헤어질 순간을 분명히 그려봤을 것이다. 또한 그녀는 그가 슬퍼하지 않기를 바랐을 것이다. 이 소원을 들어주지 않는 것이 로베르가 할머니의 뜻을 어기는 첫 사례가 될 것이다.

'나', 프루스트

나는 로베르 드 플레르의 친구들을 대표하여 ─ 그녀의 어린 친구들이기도 한 우리이기에 ─ 결코 마지막이될 수 없는 인사를 하고자 한다. 이후에도 나는 그녀에게 계속 인사를 하러 올 것이기 때문이다. 사랑하는 이들에게는 결코 작별인사를 하지 않는 법이다. 그들과완전히 헤어질 수 없기에…….

영원한 것은 없다. 설령 죽음조차도! 로지에르 부인은 이제 이 세상에 없지만 나는 그녀에게 계속해서 말을 걸어 답하게끔 한다. 그녀에게 인사를 건넬 때 가끔웃으며 말을 했다고 해도 그것이 울지 않은 것은 아니다. 로베르가 나였어도 이렇게 했을 것이다. 그보다 나를 더 잘 이해하는 이가 있던가. 우리가 사랑하는 이들을 그리워할 때는 울음 속에서도 가장 부드러운 웃음을띤 채로 그리워한다는 사실을 그는 누구보다도 잘 안다. 이는 사랑하는 이들이 없어도 용기를 내겠다고, 불행하지 않겠다고 그들을 안심시키기 위해서일까? 아니면 차라리 울음 속 이러한 웃음은 우리가 그들에게 보내는무한한 입맞춤의 형태인 것인가?

1907년 《피가로》

프루스트에 의한 프루스트

내 성격의 주요 특징: 사랑받고자 하는 욕구가 큼. 좀 더 구체적으로 말하면 누군가가 나를 애지중지해주고 응석을 받아줬으면 하는 욕구가 존경의 대상이 되고자 하는 욕구보다 더 큼.

남성에게 바라는 자질: 여성적인 매력.

여성에게 바라는 자질: 남성의 덕목. 우정을 나눌 때에 솔직한 태도.

친구들에게서 가장 좋아하는 점: 내게 상냥하게 대해주는 것. 그의 성격이 상냥함에 큰 가치를 둘 만큼 섬세하다는 가정하에.

주요 단점: '원하는 것'이 무엇인지, 어떻게 하는 것인

지 모르는 것.

가장 좋아하는 활동: 사랑하기.

행복이란: 행복에 대한 꿈이 충분히 크지 않아서 감히 여기서 말하지 못하겠음. 또 그것을 말하는 순간 파괴될까 두려워서도.

가장 큰 불행은 무엇일까: 엄마와 외할머니를 알지 못했더라면.

되고자 하는 것: 내가 존경하는 사람들이 나한테 바라는 나.

살고 싶은 국가: 내가 이루어지길 바라는 것들이 마술처럼 이루어지고 언제나 상냥함이 넘쳐나는 곳.

좋아하는 색: 아름다움은 색이 아니라 그것 안에서의 조화에 있다.

좋아하는 꽃: 그의/그녀의 꽃.* 사실 모든 꽃.

좋아하는 새: 제비.

좋아하는 산문 작가: 오늘은 아나톨 프랑스와 피에르 로티.

좋아하는 시인: 보들레르와 알프레드 드 비니.

픽션 속에서 나의 남자주인공: 햄릿.

픽션 속에서 나의 여자주인공: 베레니스.**

좋아하는 작곡가: 베토벤, 바그너, 슈만.

좋아하는 화가: 레오나르도 다빈치, 렘브란트.

* 프랑스어에서 소유 형용사의 성은 영어처럼 소유하는 주체의 성(his/her)에 의해서가 아니라 소유되는 대상의 성에 의해 결정된다. 프랑스어에서 꽃fleur은 여성 명사기에 프루스트는 설문지에서 여성 소유 형용사를 사용하나 꽃을 소유하는 대상이 남성인지, 여성인지는 알 수 없다. 즉 프루스트가 가장 좋아하는 꽃은 결국 자신이 사랑하는 이(남성 혹은 여성)가 좋아하는 꽃임을 밝히고 있다.
** 장 라신의 5막 비극『베레니스』(1671)의 주인공.

　　　　　　'나', 프루스트

실제 삶에서 존경하는 영웅: 다를뤼, 부트루.*

역사 속에서 존경하는 여자 영웅: 클레오파트라.

무엇보다 가장 싫어하는 것: 내 안에 있는 악.

가장 혐오하는 역사적 사건: 답할 수 있을 정도로 아는 것이 많지 않음.

가장 좋아하는 군사적 사건: 나의 지원병 복무!

내게 있었으면 하는 능력: 의지와 그에 따른 매력들.

어떻게 죽었으면 하는가: 잘. 사랑받으며.

현재 나의 정신 상태: 권태. 이 모든 질문들에 답하기 위해 나에 대해 생각하느라.

---

* 알퐁스 다를뤼(1849~1921)는 프루스트의 고등학교 시절 철학 교사였으며, 에밀 부트루(1845~1921) 역시 프루스트가 소르본 대학교에서 철학 수업을 수강한 교수다.

가장 너그럽게 받아들일 수 있는 잘못: 내가 이해하는 잘못들.

나의 **모토**: 말하는 순간 불운이 따를까 봐 답하지 못하겠음.

1890년대 초, 20대 초반의 프루스트

'나', 프루스트

"만약 루브르 박물관에 프랑스 회화의
명예의 전당을 만든다면"

질문: 최근에 루브르 박물관은 이탈리아 회화를 대표하는 몇몇 걸작을 모아 '명예의 전당'을 헌정했습니다. 그에 상응하는 또 하나의 전당이 필요하다고 생각하지는 않으신지요? 두 번째 전당은 프랑스 회화에 헌정해야 할 것입니다. 현재 루브르 박물관이 소장하고 있는 작품 중 제작 시기에 상관없이 프랑스 회화를 대표할 수 있는 이러한 '명예의 전당'에 자리할 가치가 있다고 판단되는 작품 여덟 점을 선택해주실 수 있으신지요? 규모로 압도하는 장식적인 작품을 제외한, 가령 〈모나리자〉나 〈전원 연주회〉와 같은 크기의 작품들 중에서, 명성이나 평판보다는 당신 개인의 취향에 의존하여 추천해주신다면 감사하겠습니다.

답변: 제가 가보지 못한 전당에 대해 뭐라 말씀드릴 수는 없겠습니다만, 저는 원칙적으로 우리가 예술에 먼

저 다가가기를 요구하는 편이지 예술이 그것을 사랑하는 자의 편의에 맞추는 것에는 찬성하지 않습니다.(물론이 원칙이 절대적이지는 않습니다. 하지만 저는 저녁 식사를 할 시간도 비워두지 않는 〈라인의 황금〉*의 당당한 요구를 연주가 5분이라도 넘으면 청중을 피곤하게 만들지는 않을까 염려하거나, 베토벤이 말기에 작곡한 사중주들을 듣는 것은 불가능하다고 판단하는 연주자들의 배려심보다 선호합니다. 청중은 자신에게 제공되는 예술이 아름다울 경우 수용할 수 있는 능력이 배가되는데 말입니다.) 박물관을 정비하는 작업은 필요하지만 그것이 어떤 방식에서든지 포르제스 호텔**이 되는 것은 반대입니다.

이런 제 답변이 당신의 의도에 맞지 않는다면 저는 어쩔 수 없이 다음의 여덟 작품을 나열할 수밖에 없습니다. 샤르댕의 〈자화상〉과 〈아내의 초상〉과 〈정물〉, 밀레의 〈봄〉, 마네의 〈올랭피아〉, 르누아르의 작품이나

---

* 독일의 리하르트 바그너가 작곡한 〈니벨룽겐의 반지〉를 구성하는 네 개의 악극 가운데 전야제에 해당하는 첫째 악극. 〈니벨룽겐의 반지〉의 대본을 쓰고 음악을 작곡하는 데는 총 26년이 걸렸으며, 그중 1부인 〈라인의 황금〉은 공연시간 두 시간 반 동안 휴지 없이 진행된다.

** 1892년 네덜란드 은행가인 포르제스는 파리에 호텔을 지어 그곳에 자신의 수많은 소장품들을 진열하였다.

'나', 프루스트

〈단테의 배〉*, 코로의 〈샤르트르 성당〉, 바토의 〈무관심한 자〉나 〈키테라 섬으로의 출항〉.

1920년 《오피니옹》

* 외젠 들라크루아의 1822년 작품. 당시 24세였던 들라크루아가 살롱전에 출품한 그림으로 공식 데뷔작이다. 낭만주의 화가로서 그의 명성의 시발점이 된다.

"만약 당신이 노동자로 일해야 한다면 어떤 직업을 선택하겠습니까?"

질문: 만약 당신이 어떤 이유에서건 육체노동자로 일해야 한다면 당신의 취향과 적성과 소질을 고려하여 어떤 직업을 선택하겠습니까?

답변: 당신은 육체적 노동과 정신적 노동을 구분하고 있지만, 저는 그 생각에 동의할 수 없습니다. 정신은 육체를 안내합니다. 우리의 소중한 샤르댕은 이에 대해서 (더 잘) 표현한 바 있습니다. "그림은 손가락만이 아니라 가슴으로 그려야 한다." 다빈치 또한 회화를 두고 '코사 멘탈레'*라고 정의했지요. 육체적 노동에 해당하는 것에는 사랑도 포함시킬 수 있습니다. 때문에 사랑은 우리를 때로 매우 지치게 만들기도 하지요.

육체와 정신의 협업에 대한 제 입장을 허락하신다면

---

* cosa mentale. 이탈리아어로 '정신적인 것'이라는 뜻.

'나', 프루스트

당신의 질문에 답하기 위해 저는 육체적 노동자로서 현재 제가 하고 있는 직업, 즉 작가를 선택할 것입니다. 하지만 혹여 종이가 존재하지 않는 상황이라면, 아마도 저는 제빵사가 될 것 같습니다. 사람들에게 일용할 양식을 마련해준다는 것은 영광스러운 일입니다. 하지만 그러기 전에 우선 저는 라신이 다음처럼 표현한 '천사들의 양식'을 최선을 다해 빚습니다.(순전히 기억에 의존한 인용이기 때문에 틀린 곳이 여럿 있을 수 있습니다.)

> 신께서 당신 스스로 그것을 만든다.
> 가장 부드러운 밀의 열매로.
> 이것이 당신이 따르는 세계의
> 식탁에 올려진
> 그토록 향기로운 빵 아니던가.
> 나는 그것을 나를 따르고자 하는 이에게 제공하니
> 다가오라. 살고 싶은가?
> 받아라. 들거나. 그리고 살아라.*

라신에게서 폴 발레리가 느껴지지 않나요? 발레리는

---

* 장 라신의 『영혼 성가』(1694) 중 네 번째 시.

말라르메에게서 말레르브를 발견하기도 했지요. 그럼
이만 마치겠습니다.

1920년 《앙트랑시장》

"만약 세상에 종말이 온다면
무엇을 하겠습니까?"

질문: 한 미국 과학자가 세상의 종말을 경고한다고, 아니면 적어도 갑작스러운 파괴가 대규모로 일어나 수억 명이 목숨을 잃을 것이라 경고한다고 합시다. 이 경고가 확실하다면 당신은 그 사실을 안 순간부터 최후의 순간까지 인간이 어떻게 행동할 것이라 생각하십니까? 또 당신은 개인적으로 마지막 순간 무엇을 하겠습니까?

답변: 말씀하시는 것처럼 세상에 당장 종말이 온다면 우리의 삶은 갑자기 매력적으로 느껴질 것입니다. 실제로 삶이 얼마나 많은 계획, 여행, 사랑, 연구를 실천하지 못하게 묶어두고 있는지 생각해보십시오. 미래에 대한 확신이 너무나 큰 나머지 우리의 게으름은 이러한 것들을 끝없이 나중으로 미루고 있습니다.

하지만 이 모든 것이 영원히 불가능해질 것을 아는 순간, 그것들이 얼마나 다시 아름답게 느껴질까요! 이

번 한 번만 재앙을 멈출 수 있다면 사람들은 당장 루브르 박물관에 새롭게 개장한 전시관을 방문하고, 사랑하는 여인의 발에 입을 맞추고, 동방으로 여행을 떠날 것입니다. 하지만 종말은 찾아오지 않고, 사람들은 이 중 아무것도 실천하지 않습니다. 우리는 일상 한가운데로 돌아오고, 태만은 욕망을 시들어버리게 합니다.

하지만 오늘 삶을 사랑하기 위해서 반드시 세상의 종말이 필요하지는 않습니다. 우리가 모두 인간이고, 오늘 밤 죽음이 찾아올 수도 있다는 사실을 떠올리기만 하면 되겠지요.

———————

1922년《앙트랑시장》

'나', 프루스트

존 러스킨과 성당

러스킨 순례길

수천 명에 이르는 러스킨 흠모자들은 작가를 기리기 위해 단순히 그의 육신만이 안치되어 있는 코니스턴으로 발길을 옮길 것이다. 나는 프랑스에 있는 러스킨의 친구들에게 다른 방식으로 영웅을 기리는 의식에 동참하길 권하고자 한다. 그의 영혼을 간직하고 있는 장소들로 순례 여행을 떠남으로써 진정으로 마음을 다해 기리는 방식이다. 이러한 장소들은 작가에게 저마다 고유의 영혼을 내주었고 작가는 그것을 책에 옮김으로써 불멸성을 부여했다. 러스킨 순례 여행에 동참하기 위해서 굳이 피렌체나 베네치아까지 떠날 필요는 없다. 그는 프랑스 고장에 무한한 애정이 있었기에.

평생 동안 내 사고는 세 장소를 중심으로 전개되었다. 루앙, 제네바, 그리고 피사이다. 베네치아에 관한 연구는 그야말로 부차적인 자리를 차지했을 뿐이다. 내가 베네치아에 대해 쓸 수밖에 없었던 이유는 그곳의 역사와 관련하여 여태껏 제대로 서술된 저서가 없었기 때문이고, 회화와 관련해서는 틴토레토, 베로네세, 카르파초에게 합당한 조명을 비춘 이가 아무도 없었기 때문이다. 반면 루앙, 제네바, 피사는 내게 인생을 가르쳐주었다. 이 세 도시의 문을 넘어선 순간, 내가 이후 이룰 수 있었던 모든 작업은 이 도시들로부터 얻은 것들이다.

하지만 프랑스에서 러스킨에게 의미를 갖은 곳은 루앙만이 아니었다.

오후에 파리나 니스, 혹은 모나코를 방문하기 위해 오전에 채링크로스를 출발한 유행에 민감한 어느 세련된 여행객이 뱃멀미에서 어느 정도 회복하고 불로뉴행 기차에서 좋은 자리를 차지하기 위해 치른 신경전도 잊고 아미앵 역에 도착하여 요기하기 위해서는 얼마나 더 가야 하는지 확인할 여유를 되찾았을 무렵, 그는 아브빌이라는 이름의 별 도움이 되지 않는 역에서 자신이 탄 기차가 잠시 멈추는 것을 성가시게 여길 것이다. 다시 기차가 움직이기 시작하고

만약 그가 읽고 있던 신문에서 고개를 들어 위를 올려다본다면 질퍽한 토양 위의 백양목과 버드나무들 사이로 우뚝 솟은 두 개의 탑을 볼 수 있을 것이다. 그 탑들이야말로 이 세상 어디서도 볼 수 없는 것이다. 그리고 나는 내 글에 아무리 큰 호감을 가진 독자라 하더라도 그들에게 아브빌의 두 탑이 내 삶에 얼마나 큰 영향을 끼쳤는지 과연 제대로 이해시킬 수 있을지 의문이다.

러스킨은 아브빌을 방문했던 해에 루앙도 방문했다. 그러나 그가 루앙을 진정으로 이해하게 된 것은 그로부터 한참 후인 반면 아브빌에 대해서는 즉각적이었다. 그는 아브빌이 루앙에 관한 서문이자 해석본이라고 표현했다.

내가 가장 행복했던 순간들은 산에서 보냈을 때다. 하지만 내가 느낀 가장 온유하며 사심 없는 평온한 기쁨은 아름다운 오후 아브빌에 도착해 유럽의 심장부에 발을 들여놓고, 해가 아직 완전히 지기 전에 생 불프랑 조각상을 보러 서둘러 걸음을 옮기던 순간 느끼던 기쁨으로, 나는 이를 내 삶의 마지막 순간까지 기억할 것이다.

러스킨의 글을 내가 원하는 만큼 번역하여 소개하기에는 지면이 부족하다. 그의 다른 글들은 또 얼마나 보베, 생로, 디종, 그리고 샤르트르에 가고자 하는 욕망을 불러일으키는지! 아미앵에 대한 그의 애정은 완전히 다른 차원의 것이다.

승객들은 자신들이 탄 기차가 아미앵 역에서 멈추면 그곳에는 좋은 메뉴를 제공하는 식당도 있고 10분이라는 시간 동안 기차에서 내려 몸을 풀 수 있다는 사실도 안다. 그러나 그들이 서 있는 곳이 한때는 프랑스의 베네치아에 해당하는 도시의 심장부에서 단 몇 분도 안 되는 장소라는 사실은, 또 그곳에서 금과 유리, 암석, 목재, 상아 등으로 제작한 섬세한 세공품들은 놀라운 기술로 아마포를 짰던 고대 이집트 여인들이나 색색의 양털을 조화롭게 섞어 짜던 유대 여인들의 놀라운 기술을 떠올리게 한다는 사실은 모른다.

아미앵에 대해 러스킨은 책 한 권을 온전히 할애했

존 러스킨과 성당

다.『아미앵의 성서』라는 그 저서가 어떤 내용을 담고 있는지 나는《코레스퐁당》다음 호에 상당 부분을 발췌하여 번역, 소개할 것이다. 러스킨에 관한 나의 연구와 글쓰기는 앞으로 계속될 것이고, 기회가 닿을 때마다 다양한 지면에, 특히《가제트 데 보자르》에 소개할 계획이다. 러스킨의 글을 읽으며 그가 그토록 애지중지한 프랑스의 오래된 성당들을 방문할 때면 여러 친구와 제자들을 동반하곤 했다는 사실을 알게 되었는데, 나로서는 더없이 부러운 그의 지인들이 나의 부족한 글을 읽게 되어 그들이『외르의 원천』과『돔레미의 원천』에 관해 내게 무엇이라도 알려준다면 그보다 더 감사한 일은 없을 것이다. 이 두 책은 러스킨이『아미앵의 성서』이후 각각 루앙 성당과 샤르트르 성당에 관해 구상했던 저서로, 미처 집필하지 못했다. 러스킨이 그들과 함께 여행하며 집필 계획에 대해 했던 말 몇 마디만이라도 알려준다면 샤르트르와 부르주 성당들이 남긴 질문들, 내 안에서 끊임없이 맴도는 질문들에 어느 정도 해답을 발견할 수 있을 것만 같다.

러스킨은 생애 말기에 제정신이 아니었다고들 한다. 요즘 시대에 소위 '현자'라고 불리는 이들이 모두 어느 정도 미쳤다는 것은 오귀스트 콩트부터 니체를 거쳐 러스킨에 이르기까지 하나의 현상이 된 듯하다. 오로지 프랑스의 '현자'만이(프랑스는 그가 보유한 현자와의 동질성을 더욱 강조하기 위해 '프랑스'라는 자신의 이름을 그에게 부여했다)* 그리스의 '현자'와 같은 평온함을 소유한 듯하다. 죽은 후 자신의 종이 사라지는 것을 막기 위해 고유의 특성을 다음 세대에 그대로 전달하는 능력을 지닌 곤충들처럼 러스킨은 언젠가는 그 기능을 잃을 자신의 뇌에서 진귀한 생각들을 끄집어내어 책에 안식처를 마련해주었다. 물론 책이 영원한 터전이 되지는 못하겠지만 적어도 그 생각들이 인류에 어떤 형태로든 기여하는 한 그 안에서 생명을 유지할 수는 있을 것이다.

러스킨은 죽음을 두려워하지 않았다.

당신과 비슷한 피조물에 애정을 느끼되 당신보다 뛰어난 피조물에는 더 큰 애정을 느끼게 될 것이라 생각한다면, 당신 주변에 존재하는 악에 안간힘을 다해 대항하되 최후의 순간 이 땅에 정의를 구현할 그분이 계신 곳을 향해 시선을 든다면, 당신에게 가장

---

* 아나톨 프랑스(1844~1924)를 가리킨다. 20세기 초 프랑스 사회에 지대한 영향을 끼친 작가, 철학자, 문예평론가로 1921년 노벨문학상을 수상한다.

큰 기쁨을 주었던 동반자들과 마지막 이별의 인사를 나누되 다시금 그들의 시선을 마주하고 악수를 나눌 날을 고대한다면, 더 이상 당신의 눈은 멀지 않고, 손은 떨리지 않을 그곳! 이 같은 희망은 바로 종교 안에서 가능하다.

이렇듯 기독교인이자 윤리주의자, 경제학자이자 미학자였던 러스킨. 자신의 재산을 헌납한 채 이 세상에 아름다움을 전파했으며, 사회적 부당함에 맞선 채 자신의 마음을 신께 바쳤던 그는 파도바 성당에 조토가 그린 〈자비〉의 알레고리를 떠올리게 한다. 러스킨은 조토의 이 형상에 대해 저서에서 매우 아름다운 글을 쓴 바 있다.

황금 자루와 온갖 금은보화를 밟고 올라서 있는 그녀는 곡물과 꽃을 우리에게 내주며 사랑으로 가득한 자신의 심장을 신께 바치고 있다.

1900년 《피가로》

러스킨의『아미앵의 성서』역자 서문

＊＊＊

이것은 존 러스킨이 쓴『아미앵의 성서』역자 서문이다. 이 책을 번역만 하는 것으로는 독자에게 충분치 않다는 생각이 들었다. 한 작가의 책을 한 권만 읽는 것은 그를 단 한 번 만나는 것과 같다. 어떤 이와 처음 대화를 나눌 때 우리는 그 사람의 고유한 특성을 얼핏 감지할 수 있다. 그러나 다양한 상황에서 대화를 여러 번 나누고 나서야 그러한 특성이 그 사람에게 결정적이며 본질적임을 제대로 판단할 수 있다. 특정 작가나 음악가, 화가 고유의 특성을 일종의 시험을 통해 식별 가능케 하는 것은 바로 그들 작품의 다양성이다. 한 작가나 화가의 작품을 처음 접했을 때 우리는 어떤 특성을 발견하고 그것이 그 작품이 다루고 있는 주제와 관련된 것이라 여기곤 한다. 그러나 같은 작가의 다른 책, 같은 화가의 다른 그림을 여럿 보면 그 특성을 재발견하게 된다. 이렇게 한 예술가의 다양한 작품들을 서로 연결하면서 관통하는 공통점을 종합하다 보면 그 예술가의 세계를 구현하게 된다. 서로 다른 모델들을 그린 렘브란트의 초상화들을 한자리에 모아놓으면 우리는 그 모두에서 공통적으로 나타나는 특성에 놀라게 되는데, 이는 바로 렘브란트 자신의 모습의 특성이기도 하다. 『아미앵의 성서』의 내용을 보고 러스킨의 유사한 다른 작품들이 떠오를 때면 나는 그에 관한 주석을 달고 해당 부분을 번역하여 덧붙였다. 그럼으로써 독자가 러스킨을 처음으로 만나는 것이 아니라, 그와 이전에도 여러 차례 대화를 나누어 이번에 그가 이야기하는 것을 들으며 그 안에서 러스킨 고유의 변치 않으며 본질적인 특성을 알아보기를 바랐다. 나는 독자에게 러스킨의 다른 저서에 관한 기억으로 가득한 공명상자를 제공함으로써 즉흥적인 기억력과도 같이 그 안에서 『아미앵의 성서』가 하는 말이 동질적 메아리를 일으키길 바랐다. 하지만 『아미앵의 성서』가 거는 말에 메아리는 아마도 답변하지 않은 채 침묵을 지킬 것이다. 대개 우리의 시선으로부터 모습을 숨긴 채 저 멀리 있는 지평선에 터를 잡고 우리의 삶으로부터 하루하루 멀어지는 기억이 그렇듯이.

닮은 형상에 의해 한순간 이끌렸던 메아리는 우리 삶 전체이자 기억의 미학이기도 한 이 거대한 공간을 가득 채운 온유한 힘에 맞서면서까지 다가오지는 않을 것이다.

근본적으로 평론가의 첫 번째 임무는 독자에게 작가의 이러한 특성을 드러냄으로써 놀라움을 느끼도록 돕는 것이자, 작가 고유의 특성이라고 판단하게 뒷받침해 주는 근거들을 제시하는 것이다. 만약 이러한 점을 자각하고 독자가 그것을 느끼도록 도왔다면 평론가는 임무를 어느 정도 완수했다고 할 수 있다. 만약 그러지 못했더라도 러스킨의 세계에 대해 온갖 책을 쓸 수는 있다. 인간이자 작가, 선지자이자 예술가, 그의 예술론의 영향력과 오류들. 이 모든 것에 대해 쓸 수는 있겠지만 결국 이는 본질에서 벗어난 이야기가 된다. 이러한 글은 평론가의 문학적 평판을 높일 수는 있어도 러스킨의 작품에 나타난 미묘한 뉘앙스, 그것이 아무리 작은 것이라 해도 그 의미를 제대로 이해하는 것보다도 가치가 없다.

그럼에도 나는 평론가라면 그보다 더 멀리 가야 한다고 믿는다. 평론가는 그토록 특별한 실재에 사로잡힌 작가의 영혼을 재구성해야 한다. 한시도 떠나지 않고 작가를 따라다니는 이러한 실재는 작품의 소재가 되고,

그의 재능은 구체적인 표현을 통해 그것을 작품으로 재현하며 그는 즐거움과 삶 전체를 희생해 그것에 영원성을 부여한다. 작가의 삶은 과학자의 실험을 가능하게 하는 필수적인 도구처럼 이러한 실재에 접근할 수 있는 유일한 방식으로서만 의미를 갖기 때문이다.

그리고 평론가의 이와 같은 두 번째 임무를 내가 러스킨과 관련해서 여기서 수행하려 하지 않았다는 사실을 굳이 말할 필요는 없을 것이다. 이는 차후의 작업 주제가 될 수도 있을 듯하다. 여기에 선보이는 글은 그저 번역에 불과하고, 주석의 경우 대부분 특별한 분석 없이 러스킨의 다른 책 속 글들을 인용하는 데 그쳤다. 물론 더 긴 주석들도 있다. 사실 그런 주석들은 본문 아래 여기저기 덧붙이기보다 이 서문에 위치시켰다면 내용을 보완하고 몇몇 오류를 수정할 수 있어 더 적절했을 것이다. 하지만 나는 그러기를 원하지 않았다. 이 서문은 1부와 최근에 작성한 4부를 제외하고는 러스킨이 사망했을 때 작가를 기념하며 《메르퀴르 드 프랑스》와 《가제트 데 보자르》에 발표한 글을 각각 2부와 3부에 재배치하여 구성하는 것으로 만족했다.*

그 외의 주석들은 성격이 좀 다르다. 4부에서 읽을 수 있는 주석들은 고고학적 정보를 제공하는 경우가 많다.

또한 베네치아인들이 동방에서 가져온 신성한 조각상이나 보석들을 그들의 건물에 박아놓은 것처럼, 러스킨이 성경 구절을 인용했거나 그보다 자주 보이는 것처럼, 암시를 통해 텍스트에 내포시킨 경우 나는 정확한 출처를 밝히고자 했다. 러스킨 고유의 신비한, 그러나 언제나 일정한 연금술을 통해 그의 영혼의 구체적이며 독창적인 활동이 어떻게 원래 텍스트를 변형시켜 자기 것으로 만드는지 독자에게 더 잘 보여주기 위해서다. 출처를 찾아내기 위해 훌륭하지만 지나치게 불완전한 『아미앵의 성서』 색인이나 기브스가 저술한 『러스킨의 성서 인용』을 참고할 수는 없었다. 나는 성서 자체를 참고했다.

내가 여기 번역한 것은 완전한 『아미앵의 성서』다. 어쩌면 내가 따랐어야 할 다양한 충고에도 불구하고 나

---

* 프루스트는 『아미앵의 성서』 역자 서문을 총 4부로 구성한다. 서문의 2부와 3부는 이미 한국에 번역, 소개되었고 아래 책에서 읽어볼 수 있기에 본 책에서는 프루스트가 번역가로서 따로 작성한 서문의 1부와 4부만을 소개한다.
서문 2부, 「러스킨에 의한 아미앵의 노트르담」: 『독서에 관하여』 중 p. 59~104(유예진 옮김, 은행나무, 2014).
서문 3부, 「존 러스킨」: 『마르셀 프루스트의 문학세계』 중 p. 65~130(조종권 편저, 청록출판사, 1996).

는 한 개의 낱말도 빠뜨리지 않았다. 온전한 『아미앵의 성서』를 독자에게 전해주자는 나의 선택에도 불구하고 러스킨이 생애 말기에 집필한 다른 많은 저서들과 마찬가지로 이 책 또한 지나치게 길다고 경고하지 않을 수 없다. 더구나 이 글을 쓰던 시기 러스킨에게 문장구조나 명확함은 완전히 뒷전이었다. 독자가 이런 점을 믿지 않을 수도 있고 그럴 때면 참으로 부당하게도 모든 잘못은 번역가의 몫이 된다.

같은 이유로 나는 책의 끝부분에 있는 색인 및 칼텐바셰가 찍은 성당 도판 목록을 제외한 모든 부록을 번역했다. 그 사진들은 예전에 책과 함께 따로 구입할 수 있었던 자료들이다. 또한 '치마부에의 성모 마리아', '망자의 날의 아미앵', '보수하기 전 성당의 북쪽 포치' 등을 포함해서 영어판에 있는 네 개의 판화도 프랑스어판에서는 없었다. 러스킨은 성당과 관련한 사진들을 부록으로 따로 판매한다는 사실을 염두에 두고 자신이 글로 묘사한 성당의 부분들을 그대로 담은 사진들이 아니라 보다 암시적이고 관계가 먼 사진들을 선택한다. 러스킨의 저서들에 익숙한 독자라면 선택된 도판들의 의외성에서 러스킨의 정신세계가 갖는 독창성 내지는 유머를 알아볼 수 있다. 그는 언제나 독자의 기대와는 다른 엉뚱한 것에 주목한다. 조토가 그린 〈그리스도의 세례〉를 묘사하면서 도판으로는 조토의 그림이 아닌 이름 없는 중세 시대의 기도서에 수록된 그리스도의 세례 그림을 보여주고, 베네치아 산마르코 광장의 성당을 다룬 글에서는 산마르코 성당의 중요한 부분에 대한 이야기는 전혀 하지 않는 반면 아무도 알아보지 못하고 실제로 별다른 의미도 없는 성당 구석을 장식하는 어느 작은 부조 작품을 묘사하는 데 여러 페이지를 할애한다. 하지만 러스킨 숭배자들은 이 모든 것들이 위대한 작가의 정신세계를 구성하는 일부라는 사실을 알기에 그의 이런 객기조차 기꺼이 받아들인다.

내게 소중한 도움을 준 많은 사람들 중에 특히 이 책이 출간되는 데 가장 이상적이고 관대한 도움을 주신 알프레드 발레트 씨께 감사의 말씀을 드린다. 언제나 내게 너그럽고 《가제트 데 보자르》 소장 자료들을 자유롭게 이용하는 것을 허락함으로써 연구를 수월하게 진행할 수 있도록 도움 주신 샤를 에프뤼스 씨, 마지막으로 언어에 관하여 자문을 구할 때마다 지식만큼이나 직감을 요하는 영어 텍스트에 관한 놀라운 이해로 즉시 문제를 해결해 준 키플링의 번역가 로베르 뒤미에르 씨께 감사드린다.

$$* * *$$

"얼마나 멋지고 매혹적인 형태로 거짓은 지성의 진정성에 은밀히 끼어들었는가"라고 표현했을 때 나는 러스킨이 『예술 강론』에서 우상숭배에 대해 아래와 같이 내린 정의보다 더 적절한 표현은 없다는 사실을 의미했다.

> 가장 큰 악이 휩쓸고 간 후에도 그 자리에는 무언가 좋은 것이 남는 것처럼 예술의 가장 큰 해악도 좋은 것을 완전히 없애지는 않는다고 생각한다. 예술의 가장 큰 해악은—그것이 글이건, 색이건, 어떤 다른 아름다운 형태로 되어 있건—교인과 세속인 모두에게서 우상숭배라 불려야 하는 것을 도운 것이다. 우상숭배는 십자가 아래 쓰러져 있지도, 죽지도 않은 우리의 지도자, 우리에게 스스로의 십자가를 질 것을 명령하는 지도자의 부름을 우리의 가장 훌륭한 정신과 영혼으로 따르지 않고 우리 스스로가 만든 진귀하고 우울한 이미지를 받드는 것이다.*

그런데 우리는 러스킨의 작품 밑바탕에서, 그의 재능

뿌리 깊은 곳에서 바로 이러한 우상숭배를 발견한다. 물론 그는 우상숭배가 그의 지적이며 도덕적인 진정성을 ─ 하물며 미화하기 위해 ─ 완전히 덮거나 무력화하고 마비시켜 마침내 죽일 정도로 스스로를 거기에 빠지게 두지는 않았다. 그의 작품 속 한 줄 한 줄은 그의 삶을 이루는 매 순간이 그렇듯 우상숭배에 진심으로 저항하고, 그 헛됨을 지적하고, 그 위험한 매혹을 드러내고자 하는 진정성으로 가득하다. 그의 삶에서 그런 경우를 증명하는 예시를 나열하지는 않겠다.(러스킨의 삶은 라신이나 톨스토이, 마테를링크의 삶과는 달리 미적 기준이 도덕적 기준에 선행하지 않았고, 오히려 도덕이 미학에 자신의 기준을 강요하여 도덕에서 자유롭지 못한 삶을 영위한 경우다.) 차를 마시면서 티치아노의 그림들을 보는 행위를 죄악시했던 삶의 초기부터 아버지가 유산으로 물려준 500만 파운드를 자선사업과 사회적 후원을 하는 데 모두 써버리자 갖고 있던 터너의 그림들을 팔아버린 만년에 이르기까지 내가 굳이 여기서 그 과정을 상세히 되짚을 필요가 없을 만큼 러스킨의 삶은 잘 알려졌다. 하지만 딜레

---

* 러스킨의 이 문장은 그것이 쓰였던 『예술 강론』 안에서가 아니라 이렇게 따로 독립적으로 읽으면 내가 의미하는 '우상숭배'에 더 잘 적용된다. 이에 대해서는 본문 속 주석에서 더 자세히 분석했다. ─원주

탕트로서 그의 면모는 행동에서보다는 정신적 면에서 더 잘 나타났다. 우상숭배와 진정성 사이에서 벌어진 결투는 그의 삶의 특정 순간이나 그의 책 속 특정 부분에서가 아니라 언제나, 그리고 본인도 알지 못하는 내부 깊은 곳에서 벌어졌다. 이런 곳이 있기에 우리는 상상력을 통해 이미지를, 지성을 통해 생각을, 기억을 통해 단어를 떠올린다. 우리의 선택은 우리를 정의하고, 우리의 정신과 영혼의 운명을 결정짓는다. 러스킨은 이와 같은 본인의 내면 깊은 곳에서조차 계속해서 우상숭배를 했다. 진정성을 이야기할 때에도 그는 정직하지 않았다. 말한 내용 때문이 아니라 그것을 말하는 방식 때문에 그렇게 느껴졌다. 그가 주창하는 예술론은 미학적 근거가 아닌 도덕적 근거에 바탕을 두었다. 놀라운 사실은 그가 자신만의 예술론을 구축할 때는 아름다움을 기준으로 삼았다는 점이다. 따라서 그의 예술론을 아름다움 때문이 아니라 진리여서 선택한 것처럼 보이게 만들기 위해서, 그것들을 선택하게 된 근본적인 이유에 대해 스스로에게 거짓을 종용할 수밖에 없었다. 그 때문에 그의 의식은 끊임없이 타협 앞에서 망설였다. 사실 영혼의 온전함을 위해서는 진심을 담아 비도덕적 이론을 펼치는 것이 진심이 아닌 것에 근거한 도덕적

이론을 주장하는 것보다 덜 위험했을 수 있다. 그러나 러스킨은 도덕적 이론을 펼치는 잘못을 수시로 저질렀다. 가령 객관적인 사실을 설명할 때, 어떤 작품을 감상할 때, 그것을 표현하기 위한 단어를 선택할 때 그렇게 함으로써 독자를 거짓으로 안내했다. 러스킨의 이런 속임수를 독자가 스스로 판단할 수 있도록 러스킨의 글 중에서 가장 아름답다고 생각하는 것 중 하나이자 앞서 지적한 그의 오류가 가장 적나라하게 드러난 글의 일부를 발췌하겠다. 이 글에서 '이론적으로는' 아름다움이 도덕과 진리에 종속되어 있으나, '실제로는' 아름다움이 진리와 도덕성을 지배하고 있다. 이때 이러한 미학적 관심은 그의 끊임없는 타협에 의해 어느 정도 변질되어 있다. 아래는 「베네치아가 타락한 이유」*의 일부다.

> 단순히 부자들의 변덕이나 허영심, 혹은 눈의 즐거움을 위해 대리석을 그토록 투명한 강렬함으로 빚

---

* 모리스 바레스는 마지막 저서 속 베네치아의 이상적인 원로원을 다룬 뛰어난 장에서 어떻게 러스킨을 잊을 수가 있었는지! 러스킨이야말로 레오폴드 로베르나 테오필 고티에보다는 바이런과 바레스 사이에서, 괴테와 샤토브리앙 사이에서 자리를 차지할 가치가 있는 합당한 인물 아니겠는가? —원주

존 러스킨과 성당

고 교회의 아치마다 화려한 붓꽃 색을 입힌 것은 아니다. 오랜 옛날, 피로 썼던 메시지가 있었고, 그 메시지는 이제 화려한 색채의 향연 속에 각인되어 있다. 오랜 옛날, 교회의 돔에 메아리치는 소리가 있었고, 언젠가 그 소리는 천상의 돔에서 다시 울려 퍼질 것이다. "그는 최후의 심판을 내리고 정의를 구현하기 위해 오신다." 베네치아는 역사가 기억하는 한 아주 옛날부터 특별한 힘이 있었다. 그것을 잊은 날 베네치아는 파멸했다. 그것을 잊는 것을 용서할 만한 어떤 핑계도 없었기 때문에 베네치아의 몰락은 되돌릴 수 없었다. 그 어떤 도시도 베네치아만큼 영광스러운 성경을 보유한 적이 없다. 북쪽 지방에서는 거의 읽을 수 없는 거칠고 어두운 조각들이 그들의 신전을 혼란스러운 이미지들로 채웠다. 하지만 베네치아에서는 동방에서 가져온 진귀한 예술품과 보석들이 글자 한 자 한 자를 새기는 데 쓰였고, 그 결과 책과도 같은 이 신전은 동방박사들을 안내한 별처럼 저 멀리서도 그 빛이 보였다. 다른 도시에서 사람들은 종교 집회가 열리는 곳으로부터 멀리 떨어진 곳에서, 폭력과 혼란이 난무하는 곳에서 모였다. 위태로운 성곽 옆 풀밭에서, 어지러운 길거리의 먼지 속에서 그들이 저지른 과오를 우리가 지지할 수는 없어도 적어도 용서할 수는 있다. 하지만 베네치아의 죄악이 더욱 용서받지 못하는 이유는 그런 과오가 성경이 지켜보는 바로 그 광장에서 저질러졌기 때문이다. 성경이 새겨진 교회의 벽은 공화국의 죄수들을 가둔 벽이나 지도자들이 비밀회의를 개최한 방의 벽으로부터 불과 몇 센티 떨어져 있지 않았다. 최후 몇 시간 동안 베네치아가 남아 있던 마지막 수치심과 통제력을 완전히 상실하고 도시의 가장 큰 광장은 지상에 존재하는 모든 광기의 집합소가 되었을 때, 그 죄악이 더욱 크게 비난받아야 할 이유는 그것이 신의 말씀이 새겨져 밝게 빛나는 신전 바로 앞에서 자행되었기 때문임을 잊으면 안 된다.

광대들과 가면을 쓴 자들은 웃으며 제 갈 길을 갔고 그들이 떠난 자리에는 침묵만이 남았다. 죽음과 같은 이러한 침묵은 여러 세기 동안 그들의 허영심과 죄악을 내려다보며 산마르코 성당의 백색 돔이 베네치아의 귓가에 이렇게 속삭이며 이미 예고한 것이었다. "너희가 한 일에 대해 신이 최후의 심판을 내릴 것임을 알라."*

·

존 러스킨과 성당

하지만 만약 러스킨이 자신에게 진심으로 정직했다면 베네치아인들이 단순한 석회암 대신 아름다운 대리석으로 만들어진 성당을 갖고 있다 해서, 두칼레 궁전이 도시의 다른 쪽 끝 대신 산마르코 성당 바로 옆에 위치해 있다 해서, 비잔틴 양식의 성당에는 북쪽 지방의 성당에서처럼 성경이 단순한 그림들로 표현된 대신 모자이크로 복음서와 예언서가 기록되어 있다 해서 베네치아인들의 죄악이 더 용서할 수 없고 다른 사람들이 다른 도시에서 저지른 죄악보다 더 심하게 벌을 받아야 한다고 생각하지 않았을 것이다. 『베네치아의 돌』에서 발췌한 위 부분이 비록 그 이유를 알기가 힘들긴 해도 아름다운 것은 사실이다. 이 글이 아름다운 이유가 무언가 거짓된 것 위에 생겨난 듯 느껴져 그 아름다움에 완전히 빠져들기가 주저된다.

하지만 조금이라도 진리가 존재해야만 아름답다고 느끼는 것이 가능하지 않을까. 엄밀히 말해 완전하게 거짓인 아름다움은 있을 수 없다. 아름다움이 주는 즐거움은 진리를 발견하면서 얻게 되기 때문이다. 위와

＊『베네치아의 돌』1권, 4장, 71문단. 인용한 구절은 「전도서」11장 9절.
—원주

같은 글을 읽을 때 느끼게 되는 강렬한 미학적 즐거움이 어떤 종류의 진리와 관련한 것인지 말하기는 상당히 어렵다. 여기서의 진리는 아름답고 종교적인 이미지들로 가득하여 그 자체로 화려한 어둠과 변화무쌍한 광채를 내는 배경을 바탕으로 신약과 구약의 인물들이 재현된 산마르코 성당처럼 하나의 수수께끼다.

나는 러스킨의 위 글을 산마르코 성당 안에서 처음으로 읽었던 순간을 기억한다. 비바람이 불고 짙은 잿빛 어둠이 깔린 날이었다. 모자이크는 산마르코 종탑 꼭대기에 서 있는 천사들을 비추는 빛에서부터 이미 오래전에 제외되어 그 스스로의 빛에 의해서만, 그 스스로에 내재된 오래된 지상의 황금빛에 의해서만 희미하게 빛나고 있을 뿐이었다. 그곳에서, 주변의 암흑을 뚫고 빛을 밝히는 천사들 사이에서 그 글을 읽으며 느낀 감동이 매우 컸음에도 어쩌면 온전히 순수한 감동은 아니었다. 아름답고 신비로운 형상들을 보는 즐거움은 컸지만 동시에 그들의 후광 옆에 비잔틴 문자로 쓰인 문구들을 이해하면서 읽게 되자 순수한 즐거움은 지적 즐거움으로 변질되었다.

마찬가지로 러스킨의 글이 만든 이미지들의 아름다움은 성경의 글을 기준 삼음으로써 활기를 띠는 동시에 타락했다. 박식함이 곁든 즐거움은 어쩔 수 없이 자기중심적인 이기주의로 연결될 수밖에 없고, 이때 즐거움은 날카로울 수는 있어도 완전히 순수할 수만은 없다. 위에서 인용한 『베네치아의 돌』의 아름다운 문단 옆에는 성경 속 해당 장면을 비잔틴 성당의 어둠 속에서 빛나는 모자이크처럼 도판이 친절하게 재현하고 있었고, 나는 산마르코 성당 안에서 느낀 것과 같은 복합적인 감정을 다시 느꼈다. 러스킨의 글은 산마르코 성당의 모자이크처럼 자신의 아름다움은 무시한 채 그저 가르치려고만, 교훈을 주려고만 하지 않았던가! 하지만 오늘날 그 모자이크들은 오로지 미학적 관점에서만 진정한 의미를 갖는다. 그 모자이크들은 역사적인 기록물로서 학자에게 특정한 가치를 가질 수는 있어도, 보다 보편적인 가치는 그것을 제작했던 장인들도 무시했던 순수한 아름다움이 예술가에게 미적 즐거움을 안긴다는 데 있다.

『아미앵의 성서』 마지막 페이지의 문장, "당신에게 약속된 것을 기억하고 싶다면"은 바로 이를 가장 잘 드러내는 하나의 예다. 책 속 이집트를 다루는 부분에서 러스킨이 "그것은 모세의 스승이자 그리스도의 주인이었다"라는 문장으로 끝맺을 때도 마찬가지다. 모세의 스승이라는 표현은 차치하고라도 그리스도의 주인이라는 표현은 문장의 미적 아름다움을 위해서는 중요하지만 과연 이집트의 근본적 가치를 나타내기 위해서는 의미 있는 선택이었는지 의심이 든다.

　내가 여기서 저항하고자 한 대상은 최대한 끌어올리고 강조한 상태에서의 지적 거짓이다. 이때 내 비판 대상은 러스킨의 작품 자체가 아니라 작품의 소재와 그것을 분석하고 표현한 방법이라는 사실과 러스킨이 다양한 시대와 장소를 통틀어 가장 위대한 작가 중 한 명이라는 사실은 굳이 강조하지 않아도 될 것이다. 나는 러스킨에게서 특징지어지는 그만의 개인적 치부를 드러내고자 한 것이 아니라 그에게서도 나타나는 인류의 전반적 약점이자 모순을 지적하고자 한 것이다. 많은 사람들이 갖고 있는 약점이 러스킨에게서는 특히 두드러져서 러스킨을 관찰하기에 적절한 견본이라고 가정했다. 독자는 러스킨의 우상숭배가 무엇을 의미하는지 이해함과 동시에 러스킨이 예술 작품을 다룰 때 그것을 설명하는 내용에 지나치게 중요성을 두었음을 알게 된다. 또 그는 "경외심이 없는", "도도한", "감히 도전하기에는 무모한 어려움들, 우리가 밝힐 자격이 없는 신비함"(『아미앵의 성서』), "선택받은 영혼을 의심하는 예술가는 불손한 영혼의 소유자다"(『현대 화가들』), "성당의 후진(後陣)*은 경외심이 부족한 방문객에게는 지나치게 위대해 보일 수도 있다"(『아미앵의 성서』) 같은 표현들을 남발했다. 내가 "얼마나 멋지고 매혹적인 형태로 거짓은 지성의 진정성에 은밀히 끼어들었는가"라고 말했을 때는 이러한 우상숭배를 의미한 것이었다.(또한 러스킨이 문장들의 균형을 잡을 때 느꼈을 즐거움을 상상해보기도 했다. 문장에 내재한 균형은 그의 사고에 적절한 원칙을 부여할 수는 있어도 반대로 사고로부터 그것이 영향을 받을 수는 없다.)** 나는 그러한 거짓을 끝까지 찾아내고 밝혀야 했다. 하지만 그리하지 않은 채 러스킨 식의 이와 같은 존경심 뒤에 숨는 문장을*** 만들어내며 나 또한 다름 아닌 우상숭배를 저지르고 말았다. 존경심이 무조건적으로 나

---

* 성당에서 제단 뒤에 있는 반원형 공간.
** 오늘은 이 같은 약점에 대해 길게 설명할 시간이 없다. 하지만 한 가지 위안이 되는 사실은 이번 나의 번역을 통해서, 그것이 비록 보잘것없더라도 독자가 렌즈를 통해서, 그러나 수족관에서처럼 갑작스럽게 불이 밝혀진 곳에서 문장이 사고를 얼마나 빠르게, 하지만 눈에 보이는 방식으로 낚아채는지, 그리고 그로 인해서 사고가 어떻게 방향을 상실하는지 그 흐름을 볼 수 있을 것이라는 점이다. ─원주
*** 독자는 『아미앵의 성서』를 읽으며 종종 이와 유사한 문장들과 마주칠 수 있다. ─원주

쁘다는 것은 아니다. 그것은 사랑의 기본 조건이기도 하다. 하지만 사랑이 사라진 후에도 상대를 의심 없이 믿고 따르기 위해 그 어떤 경우에도 존경이 사랑을 대체해서는 안 된다. 러스킨의 글에 절대적 권위를 부여하는 것을 금지한 사람이 있다면 그것은 바로 러스킨 자신일 것이다. 성경조차도 그 절대적 권위를 부정했던 러스킨 아니던가. 그는 "인간이 만든 언어의 형태 중에서 잘못된 부분이 없는 것은 없다"(『아미앵의 성서』)면서도 "신비함의 수수께끼를 밝히는 것이 무례하다"고 믿게 만드는 '경외심' 가득한 태도를 좋아했다.

그럼 이 정도쯤에서 우상숭배에 대해 마무리하며 독자와 나 사이에 그 어떤 오해의 소지도 없애기 위해 우리 동시대인들 중에서 가장 유명하고, 또 그럴 만한 충분한 이유가 있는 인물 중 한 명(그는 모든 부분에서 러스킨과는 완전히 다르다!)을 언급하고자 한다. 그는 저서에서는 아니지만 대화 중에 이런 맹점을 드러낸다. 그 정도가 어찌나 심한지 굳이 확대하지 않아도 그것을 알아보고 지적하는 것은 참으로 쉽다. 그가 말을 시작하는 순간 우상숭배도 ─ 참으로 매혹적이게 ─ 시작된다. 그가 하는 말을 한 번이라도 들어본 사람이라면 그를 묘사하려는 나의 시도가 얼마나 빈약한지 알 수 있겠으나, 그

존 러스킨과 성당

럼에도 내가 누구 이야기를 하는지 당장 짐작할 수 있을 것이다. 그는 비극 속 여주인공이 무대에서 입고 있는 의상이 귀스타브 모로의 회화 작품인 〈청년과 죽음〉 속 '죽음'의 알레고리가 입고 있는 바로 그 옷임을 알아보고, 또 지인이 저녁만찬 때 입고 온 드레스가 "다르테즈를 처음 만난 날 카디냥 대공부인이 입고 있던 드레스와 머리장식" 같음을 알아보고 손님에게 찬사를 늘어놓는 식이다. 여자 배우의 의상이나 초대 손님의 드레스에서 그 자신의 우아한 보고 속 기억을 떠올린 데에 스스로 감동받으며 감탄한다. 그 드레스가 실제로 아름다워서가 아니라 모로의 그림에 표현되었고, 발자크의 소설에 묘사된 드레스이기 때문이다. 바로 이러한 이유에서 그것들은 우상숭배자들에게 영원히 신성시된다. 그의 방에 가면 화병에 꽂혀 있고 예술가 친구들이 벽화로 그려놓은 금낭화를 볼 수 있다. 그 이유는 그 꽃이 베즐레의 성 막달레나 성당에서 볼 수 있는 꽃이기 때문이다. 그는 자신이 소장하고 있는 보들레르, 미슐레, 위고 등이 쓰던 물건들을 가히 종교적 숭배심으로 모신다. 그러한 사물들이 진정 그만한 가치가 있는지 스스로 시비를 가리기에는 이런 숭배가 그에게 일으키는 즐거움이 너무나 특별하다.*

하지만 나는 이 달변가 또한 진정성의 결여라는 죄를 짓고 있는 것은 아닌지 의구심이 든다. 수난덩굴꽃 passiflora이 그리스도의 수난을 상징한다고 해서 그것을 가톨릭 신자가 아닌 사람에게 선물하는 것이 모욕이 되거나, 어느 집이 발자크가 거주했다고 해서(더구나 그 집이 발자크에 대해 알려주는 요소들이 전혀 남아 있지 않은 경우) 특별히 더 아름다워지지 않는 것과 마찬가지다. 어느 여인의 이름이 스탕달의 소설 『뤼시앵 뢰방』의 여주인공과 같은 바틸드라면 그녀에게 문학적 인용 차원에서 특별한 칭찬 한마디를 덧붙일 수는 있어도 그녀에 대한 우리의 호감이 더 커질 필요가 있을까 싶다.

카디냥 부인의 드레스는 그녀의 빼어난 취향과 다르테즈의 감탄을 자아내고자 하는 그녀의 마음을 담고 있다는 측면에서 발자크의 놀라운 발명품이다. 하지만 일단 이 같은 본래의 상징으로부터 자유로워지면 그것은 빈껍데기에 불과하다. 그럼에도 계속해서 그것을 숭배하고, 실제로 살아 있는 여인이 그것을 모방한 드레스

---

* 시인이자 문예 평론가인 로베르 드 몽테스키우 백작(1855~1921)을 말하고 있다. 당시 프랑스 귀족 사교계의 댄디이자 유명 인사로 더 잘 알려졌으며, 『잃어버린 시간을 찾아서』 속 동성애자인 샤를뤼스 남작의 모델이기도 하다.

존 러스킨과 성당

를 입고 있는 것을 보았을 때 심장이 멎을 정도로 감동하는 것은 그야말로 완벽한 우상숭배라고 할 수 있다. 이는 예술가들이 즐기는 최상의 지적 죄악이지만, 그 유혹에 빠지지 않는 이는 소수다. Felix culpa!* 예술가들에게 특히 그 효과를 발휘하는 이런 죄악이 얼마나 다양한 방식으로 그들을 매혹시켰는지를 안다면 놀라울 따름이다. 그들은 굴복되기 전 적어도 저항은 해야 한다. 자연 상태에는 그 자체의 아름다움을 제외한 다른 것에 의해 가치를 갖는 형태는 없다. 사과나무 꽃조차도, 가시나무 장미의 꽃조차도 마찬가지다. 이런 꽃들에 대한 나의 사랑은 무한하고, 봄에 그것들 옆에 있을 때 다른 이들에게는 상관없지만 내가 느껴야 하는 극도의 고통은** 그것들에 대한 나의 사랑을 증명한다. 그토록 비문학적이고, 비예술적인 이와 같은 소박한 꽃들, 러스킨이 지적한 바 있는 "틴토레토의 그림에 등장한 바로 그 꽃"도 아니고, 우리의 동시대 댄디가 감탄한 바 있는, 다빈치의 스케치에서 볼 수 있는 바로 그 꽃도 아니지만(이 외에도 그가 발견하고 찬사를 보냈던 많은 요소들

---

　* '행복한 죄'라는 뜻의 라틴어.
　** 어린 시절부터 심한 천식을 앓았던 프루스트는 봄이 되면 꽃가루에 대한 반응으로 발작을 더 심하게, 자주 경험하곤 했다.

덕분에 여태까지 아무도 제대로 볼 생각조차 하지 않았던 그림들, 가령 베네치아의 회화 아카데미 소장품들 등에 뒤늦게야 주의를 기울이게 되기는 했지만), 그러한 꽃들에게조차 나는 그 자체가 줄 수 있는 아름다움을 제외한 다른 요소들로 인해 그것을 숭배하기를, 자기중심적인 이기주의로 그 꽃을 '나의' 꽃으로 칭하게 만들고, 그것을 모티브로 한 예술 작품들로 나의 방을 장식하며 숭배하기를 거부한다.

　나는 산사나무 꽃보다 더 아름다운 것은 없다고 생각하지만, 그렇다고 어느 화가가 작품 전면에 산사나무 꽃을 그렸다고 해서 그 작품을 아름답다고 생각하지 않을 것이다. 나는 나 자신에게 정직하고 싶고, 회화 작품의 미적 가치는 그것이 표현하고 있는 소재의 아름다움과는 별개임을 알고 있다. 나는 산사사무 꽃을 표현한 그 어떤 이미지도 수집하러 다니지 않을 것이다. 나는 그것을 숭배하는 대신 그것을 보러, 그리고 향기를 맡으러 간다. 현대 문학에까지 나의 비판의 범위를 넓힌 이유는—여기엔 그 어떤 공격적인 의도도 없다—러스킨에게서 보이는 우상숭배의 흔적을 다른 이들의 경우와 비교하여 확대하면 독자의 눈에 더 잘 보일 것이라 생각했기 때문이다. 무엇보다 나의 어설픈 묘사에서 자신의 모습을 알아본 동시대 작가가 있다면 그것은 그 어떤 악의에서 시도된 것은 아니며, 또한 러스킨에게 조금이라도 약점을 발견하고 비난의 시선을 던졌다면 그것은 그에 대한 나의 존경심을 일시적으로나마 극도로 억눌렀기 때문에 가능했음을 밝힌다. 하지만 '러스킨과 무엇이든 공유한다는 것은 상당히 명예로운 일'이며, 러스킨에게 비난했던 점을 그에게도 비난하는 것이야말로 내가 그에게 할 수 있는 최대의 찬사임을 확신한다. 그가 누구인지 밝히지 못하는 것이 안타까울 정도다. 러스킨과 동일선상에서 이름이 언급되는 것이야말로, 비록 그와 같은 단점을 나누고 있기 때문이라고 해도 불명예가 아니라 오히려 자랑스럽게 여겨야 할 일이다.

다시 러스킨으로 돌아오자. 나는 러스킨을 읽을 때 그가 불러일으키는 가장 강력한 기쁨에도 불구하고 간혹 그것과 나란히 우상숭배를 발견하는데, 이는 러스킨을 읽으며 느끼는 기쁨에 미약하나마 인위성을 띠게 만들어버리는 것이 사실이다. 하지만 이제는 내가 러스킨에게 너무나 익숙해졌기 때문에 우상숭배의 흔적을 발견하기 위해서는 나의 가장 깊은 내면으로 내려가야 한다. 내가 처음으로 러스킨을 발견하고 그를 읽기 시작했을 때는 그러한 우상숭배가 단번에 눈에 띄고 거슬렸다. 하지만 모든 사랑에서와 마찬가지로 나는 러스킨

책들이 갖고 있는 단점에 서서히 눈을 감게 되었다. 살아 있는 대상을 향한 우리의 사랑은 간혹 매우 엉뚱한 원인으로 시작되지만 일단 사랑에 빠지면 미화된다. 한 남자가 무슨 이유에서건 그 여자 자체와는 관계없으나 그녀가 해줄 수 있는 일 때문에 그녀를 만난다. 이어서 그는 그녀와 사랑에 빠지고 그녀 자체를 사랑하게 되어, 그가 그녀를 만난 근본적인 이유이자 그녀가 그를 도와서 도달해야 할 목적은 뒷전이 된다.

내가 러스킨의 책에 관심을 가진 첫 번째 이유는 지적 자극과 성취감에 따른 즐거움을 느끼려는 사심이 어느 정도 차지했다. 첫 몇 페이지를 넘기며 강렬함과 매력에 사로잡혀 그 안에서 엿보이는 우상숭배에 눈을 감고 나 자신에게 질문을 던지려 하지 않았다. 어느 날이든 러스킨의 매혹적인 세계가 그가 한때 다루었던 모든 사물들과 함께 내 앞에 펼쳐진다면, 한마디로 내가 러스킨의 세계와 사랑에 빠진다면 아직은 나에게 직접 가서 보고 싶다는 욕망을 일깨우지 않았던 고딕 성당과 영국 및 이탈리아의 회화 등 나의 삶은 그때까지 나에게 닫혀 있던 요소들로 한층 더 풍성해질 것임을 확신했기 때문이다. 러스킨의 사고는 에머슨처럼 책에 순전히 추상적인 형태로, 즉 하나의 순수한 기호에 담겨 있

존 러스킨과 성당

지 않다. 러스킨의 사고는 그것이 적용되는 대상과 떼려야 뗄 수 없는 관계에 있고, 그러한 대상은 대체로 물질로 구성되어 지구상 이곳저곳에 놓여 있다. 우리는 그것들을 피사, 피렌체, 베네치아, 내셔널 갤러리, 루앙, 아미앵, 그리고 스위스의 산에 가서 찾아볼 수 있다. 대리석 조각, 눈 덮인 산, 그림 속 여인의 초상처럼 그것을 구체화하는 물질과 같은 공간적 제약을 받고 있기에 더이상 무한대로 자유롭지 않은 그의 이러한 사고는 어쩌면 추상적 사고보다 덜 순수할 수 있다. 하지만 이러한 사고는 우리가 살고 있는 세계를, 아니면 적어도 구체적인 이름이 붙여진 일부를 더욱 아름답게 만든다. 러스킨이 그런 부분들을 다루고 우리를 안내하여 그것들을 사랑하는 법을 가르쳐주었기 때문이다.

그리하여 내가 사는 세계는 내 눈에 일순간 무한한 가치를 띠게 되었다. 러스킨을 향한 나의 존경심은 너무나 커서 그의 책을 읽으며 내가 사랑하게 된 사물들이 나의 삶보다 훨씬 더 큰 의미를 갖는 것처럼 느껴질 정도였다. 그때는 내게 남아 있는 날들이 말 그대로 손꼽을 정도라고 믿었던 시기였다. 나는 죽기 전에 중세 건축에 대한 러스킨의 사고가 깃들어 있는 쇠락한, 그러나 아직까지는 분홍빛을 발하며 버티고 있는 궁전에 다가가 직접 만져보고 확인하기 위해 베네치아로 향했다. 곧 세상을 떠나야 할 자에게 베네치아처럼 특별한 도시가, 그토록 구체적인 시간과 공간에 자리 잡은 도시가 대체 어떤 중요성을, 어떤 실재성을 가질 수 있단 말인가? 그곳에서 내가 연구할 수 있는 중세 건축론과 직접 살펴볼 수 있는 살아 있는 예시들이 어떻게 "죽음을 지배하고, 죽음을 두려워하지 않게 만들고, 그것을 사랑하게까지 만드는 진리"*일 수 있단 말인가? 다른 이들이 보기에는 그저 우리와 마찬가지로 한시적이며 죽음으로부터 자유롭지 못한 사물들이지만 그것에 깃들어 있는 아름다움은 우리 자신보다 더 실재성을 갖고 있다고 느끼게 만들고 그러한 아름다움을 사랑하게 만드는 것은 천재의 능력이다.

그것이 사랑하는 여인의 눈일 경우, "당신의 눈이 그것을 아름답다고 하면 나는 그렇게 말할 것이오."**라는 시인의 시구는 진리가 아니다. 놀랍게도 사랑은 복수의 칼을 갈아놓은 후 그것을 우리에게 들이대며 모든 시적인 것을 앗아 간다. 사랑에 빠진 이에게 이 땅은 여

* 에른스트 르낭. ─원주
** 19세기 프랑스 낭만주의 시인 알프레드 드 비니의 「목동의 집」 중에서.

인의 "아기처럼 예쁜 발이 딛는 양탄자"에 불과하고, 자연은 그저 "그녀의 신전"에 한정된다. 사랑은 더없이 심오한 감정의 심연을 열어 보이지만 그와 동시에 자연이 우리에게 불러일으킬 수 있는 시적 감정을 차단시킨다.* 사랑은 자기중심적인 감정에 휩싸이게 만들거나(사랑은 이기주의의 척도에서는 가장 고차원에 위치해 있지만 그래도 어디까지나 이기주의적인 감정은 맞다) 시적 감정 자체가 생산되기 어렵기 때문이다. 반면 위대한 영혼을 존

---

* 이와 같은 나의 생각에 대해 어느 정도 의심이 남아 있던 것은 사실이나, 의심은 우리의 생각이 옳은지를 확인할 수 있는 유일한 방법, 즉 위대한 영혼과의 만남 덕분에 곧 사라질 수 있었다. 나는 이 글을 쓰던 시기와 거의 동시에 《르뷔 데 뒤 몽드》에 발표된 노아유 백작부인의 시를 읽게 되었다. 독자는 그녀의 다음 시를 통해 모리스 바레스 씨가 콩부르에서 말했던 것처럼 나는 의도하지는 않았으나 "위대한 영혼의 발걸음에 나의 걸음을 포갰다"는 사실을 확인할 수 있을 것이다.

아이들아, 이 모든 둥근 평원을 보기를
한련화와 그 주변의 벌들을,
연못을, 들판을 잘 보기를. 사랑을 알기 전에.
사랑이 온 후에는 더 이상 아무것도 보이지 않기에.
그 후에는 오로지 자신의 가슴만이 보이기에.
길가의 약하게 타오르는 불빛조차 겨우 알아보고,
더 이상 아무것도 들리지 않고, 아무것도 알지 못하고,
서글픈 사랑이 사라지며 이내 주저앉는 소리만 듣게 될 것이기에.
—원주

경하게 되는 순간, 그에 대한 동경으로 그가 가리켰던 세계는 더욱 아름다워진다. 평범한 사람은 말한다. 우리가 존경하는 책에 의지하는 것은 자신의 판단력에서 독립성을 앗아 가는 것이라고. "러스킨이 어떻게 생각했는지가 무엇이 중요한가? 당신 스스로 느껴보라." 이런 의견은 한 차원 높은 영혼의 지도를 받은 후 이해력과 감수성이 무한히 커진 반면 판단 능력은 전혀 줄어들지 않은 경험을 한 이들에 의해 즉시 반박될 것이다. 그런 경험을 하면 우리는 모든 능력과 감각이 배가된 순전한 은총의 상태에 놓이게 된다. 이렇게 본인의 의지로 스스로를 종속시키는 행위는 진정한 자유의 첫걸음이다.

자신이 무엇을 느끼는지 진정으로 이해하기 위한 방법으로 위대한 영혼이 느낀 것을 자신 또한 느끼고자 재창조하는 것만큼 좋은 방법은 없다. 이러한 노력을 통해 우리는 그의 생각과 더불어 우리의 생각을 정립한다. 우리는 삶에서 목표가 있는 동안만 자유롭다. 무관심할 수 있는 자유에 대한 궤변이 띠는 모순을 밝힌 지는 이미 오래다. 자신의 주관에만 충실하고자 모든 외부 영향으로부터 자신을 차단하는 작가들은 사실 순진하기 짝이 없는 궤변의 희생자들로 자기 영혼을 백지상태로 두는 것과 같다. 사실 우리 영혼이 가장 자유로운

존 러스킨과 성당

순간은 그 어떤 영향으로부터도 자유롭지 않다고 믿을 때, 목적을 개인의 취향에 따라 임의적으로 선택하지 않을 때와 일치한다. 소설가의 주제, 시인의 심상, 철학자의 진리는 필연적으로 그들 스스로와는 무관하게 외부에서 찾아온다. 그 이미지를 구현하고, 그 진리에 접근하고자 자신의 영혼을 더 큰 위대한 영혼에 복종시킬 때에야 비로소 예술가는 자기 자신이 된다.

러스킨의 사고에 대한 나의 열정은 이처럼 초기에는 어느 정도 인위적인 노력으로 시작되었으나 곧 진정한 것으로 바뀌었다. 하지만 그러한 열정에 대해 말할 때 나는 기억에 의지할 수밖에 없고, 이때의 기억이란 객관적인 사실을 다루는 기억일 뿐, "심연의 과거에 대해서는 아무것도 드러낼 수가 없다". 우리 삶의 특정한 기간이 그 문을 영원히 닫을 때에야, 원하면 언제든지 그 문을 열 수 있는 완전한 자유와 능력이 있다고 믿었으나 그것을 열 수 없게 되었음을 깨달을 때에야, 그토록 오랫동안 익숙하게 지냈던 상태에 단 한순간이라도 돌아가는 것이 이제는 불가능해졌음을 깨닫게 될 때에야, 바로 그런 순간에서야 비로소 우리는 그러한 순간이 완전히 사라지는 것을 거부한다. 아직까지 느끼는 것들에 대해서만 시가 존재한다는 괴테의 현명한 충고를 듣지 않은 대가로 우리는 이제 그러한 순간들을 노래할 수 없다. 과거의 불꽃을 되살릴 수 없으니 우리는 적어도 그 재를 거두기를 원한다. 과거를 간직하는 얼어붙은 기억으로는 이제 부활은 불가능하니―객관적 사실에 대한 기억은 우리가 다시 그렇게 되도록 돌아가는 것을 허락하지 않은 채 "너는 이랬다"라고 말하고, 우리에게 잃어버린 천국을 돌려주지는 않으면서 그저 이랬다고 선언만 할 뿐이다―우리는 최소한 그것을 묘사라도 하거나 재구성하려 애쓴다. 러스킨이 우리로부터 멀리 떨어진 후에야 우리는 그의 책을 번역하고, 그의 생각의 흔적들을 유사한 이미지를 통해 고정시키려고 한다. 이 글에서 그에 대한 우리의 신념이나 사랑의 특색을 알아보지는 못할지라도, 추위에 떨며 숨어 남몰래 흙무덤을 만들어준 테베의 동정녀처럼* 여기저기 흩어져 있는 우리의 경건함을 발견할 수는 있을 것이다.

1904년 『아미앵의 성서』

---

* 안티고네를 말한다. 그리스 신화에 등장하는 테베의 왕 오이디푸스의 딸로 전쟁터에서 죽은 오빠 폴리네이케스의 매장을 금지한 크레온의 명령을 어기고, 폴리네이케스의 시신에 모래를 뿌려 장례의식을 치렀다.

성당의 죽음*

잠시만 가톨릭교회가 여러 세기 전에 사라졌고, 관련된 전례 또한 행해지지 않는다고 가정해보자. 본래의 기능과 목소리를 잃은 성당은 이제 사라진 믿음을 거둘 수 없는 건물로 전락했다. 그러던 어느 날 학자들이 등장해 옛날에 성당에서 행해지던 의식, 성당이 세워진 목

* 예전에 나는 같은 제목으로 종교분리법에 관한 기사 하나에 반박할 목적으로 《피가로》에 글을 발표한 적이 있다. 사실 그것은 매우 빈약한 글이었다. 그로부터 겨우 몇 해가 지났을 뿐인데 단어의 의미가 얼마나 바뀔 수 있는지, 시간의 굴곡에서 한 사람의 미래만큼이나 한 국가의 미래를 예측하기가 얼마나 어려운지를 보여주기 위해 여기에 그중 일부를 짧게 발췌해서 올린다. 성당의 죽음에 대해 이야기했을 때 나는 프랑스가 비어 있는 거대한 소라고둥들(그 안에 터를 잡고 살아 숨 쉬던 생명이 모두 자취를 감추고, 귀에 가져다 댔을 때 미약한 소리조차 내지 않으며 박물관 속 단순하고 얼어붙은 진열품에 불과할 따름인 소라고둥들)이 가득 밀려온 모래톱으로 변하지는 않을까 염려했었다. 그 뒤 10년이 흘렀고, 「성당의 죽음」은 이제 우리의 애국적인 사제들과 한뜻을 이루고 있는 정부, 그러나 예전에는 반종교적이던 정부에 의해 파괴되던 가톨릭 정신이 아니라 독일군에 의해 파괴되는 성당의 죽음을 의미하게 되었다. —원주

적임과 동시에 그것 없이는 그저 죽은 언어에 불과할 뿐인 의식을 재현하는 데 성공한다. 그러자 오랫동안 침묵을 지킨 이 거대한 선박에 다시 삶을 불러일으키고 자 하는 꿈에 부푼 예술가들은 그곳에서 성가와 향내음 속에서 벌어지던 신비한 극을 재상연할 계획을 세운다. 한마디로 그들은 프로방스 작가들이 오랑주 극장과 고 대 로마 비극을 위해 했던 일을 미사와 성당을 위해 똑 같이 하고자 한다. 물론 국가는 이런 시도를 위해 기꺼 이 보조금을 지원할 것이다. 로마 시대의 유적을 위해 했던 것을 프랑스 문화유산을 위해, 프랑스 정신의 가 장 위대하고 독창적인 표현인 성당을 위해 하지 않을 리가 없다.

이렇게 하여 학자들은 성당의 잃어버린 의미를 되찾 는 데 열중한다. 조각상과 스테인드글라스는 다시금 살 아 숨쉬고, 신비한 향기가 신전을 가득 채우고, 신성한 극이 재연되고, 성당은 새로 노래를 부른다. 정부는 오 랑주 극장이나 오페라 코믹 국립극장, 파리 오페라 극 장의 공연을 지원했던 것보다 이토록 역사적, 사회적, 미적, 음악적, 미학적 가치가 있는 가톨릭 전례의 부활 을 위해 한층 더 기꺼이 국고를 연다. 이와 같은 복합적 예술성은 오로지 바그너만이 《파르시팔》을 통해 가까스로 재현한 바 있다.

속물들의 자동차 행렬이 종교적 도시(그것이 아미앵이건, 샤르트르, 부르주, 라옹, 랭스, 보베, 루앙, 혹은 파리건)로 이어지고, 그들이 과거에 바이로이트나 오랑주를 향해 떠나곤 했을 때 기대했던 감동, 다시 말해 그 예술 작품만을 위해 형성된 무대에서 그것을 음미한다는 감동을 그와 같은 도시에서 1년에 한 번 느낀다. 하지만 애석하게도 오랑주와 마찬가지로 이 도시들에도 그저 관광객들, '예술 애호가들'만이 찾을 뿐이다. 어떻게 하더라도 그들에게는 과거의 신자들에게 있던 믿음이 깃들 수 없다. 성가를 부르러 오고, 사제의 역할을 하기 위해 온 예술가들은 전례에서 어떻게 해야 하는지 배우고, 성경에 담긴 정신을 이해할 수는 있다. 그러나 전례가 이랬을 것이라고 호기심 많은 자들에게 시연해 보이기 위한 공연이 아닌 실제 사제들이 거행했었을 축제가 실로 얼마나 더 아름다웠을지 아쉬움을 갖고 상상해보지 않을 수 없다. 그들은 성당 정문의 팀파눔에 최후의 심판을 새긴 조각가들, 성당의 제단 뒤 후진의 색유리창에 성인들의 삶을 채색한 화가들과 동일한 믿음을 가지고 있었기 때문이다. 사제의 목소리에 모든 신자들이 한목소리로 화답하고, 거양성체를 알리는 종소리에 모든 신자들이 동시에 고개를 숙일 때 작품 전체가 얼마나 더 간절하고, 감동적 호소력을 가졌을지. 과거를 그대로 재현하는 솜씨 좋은 배우처럼이 아니라 그들은 사제와 마찬가지로, 그리고 조각가, 화가와 마찬가지로 믿음을 가지고 있었다.

바로 이것이 가톨릭교회가 사라진다면 발생할 수 있는 일이다. 그러나 가톨릭교회는 여전히 살아 있고, 제대로 기능을 수행하던 13세기의 교회를 상상하기 위해 과거를 충실하고 냉정하게 재현할 필요는 없다. 언제든지 미사가 진행 중인 성당에 들어가 보면 된다. 강론과 성가와 영창을 수행하는 이들은 배우가 아니라 예술적 감흥이 아닌 신앙심을 따르는 사제들로, 그래서 더욱 예술적이다. 전례에 참여한 한 사람 한 사람은 우리의 시선을 전혀 의식하지 않기에 이보다 더 생생하고 진실될 수 없다. 가톨릭교회의 전통이 지속되고 프랑스인들의 가슴에 그 믿음이 존재하는 이상 성당은 우리 예술의 가장 아름다운 건축물일 뿐 아니라 그것이 건설된 목적에 부합하는 삶을 온전히 살고 있는 유일한 건물이기도 하다.

최근 발생한 프랑스 정부와 로마의 결별은 5년 내로 교회들이 종교적 역할에서 배제될 수 있고, 법률적으로 배제시키는 법안이 빠른 시일 내에 논의되고 가결될 수 있음을 시사한다. 정부는 성당에서 행해지는 종교의식에 더 이상 지원금을 부담하지 않을 뿐 아니라 성당을 박물관이나 회의장, 혹은 카지노 등 임의로 변경할 수 있을 것이다.

그리스도의 피와 몸의 공여가 더 이상 성당에서 이루어지지 않게 되면 성당은 생을 다하게 된다. 가톨릭 전례는 성당의 건축 및 조각과 한몸을 이룬다. 모두 같은 상징에서 유래하기 때문이다. 성당을 장식하는 조각상들은 아무리 부차적으로 보이는 것일지라도 모두 상징하는 가치가 있다.

전례의식도 마찬가지다.

에밀 말은 『13세기 종교 예술』이라는 매우 아름다운 저서에서 기욤 뒤랑의 『중세 미사 전례 해설서』를 바탕으로 성토요일 미사의 첫 부분을 이렇게 소개한다.

아침부터 사람들은 성당에 있는 모든 등의 불을 끈다. 이는 세상에 빛을 비추던 구천계법이 폐지되었음을 나타내기 위함이다.

이어서 주교는 신천계법을 상징하는 새로운 불을 축성한다. 이때 주교는 부싯돌을 이용하는데, 이는 성바오로가 말했듯 그리스도가 세상의 주춧돌임을 상기하기 위함이다. 이어서 주교와 부제가 성가대로 향하고 부활 양초 앞에 멈춘다.

기욤 뒤랑에 따르면 부활초는 세 가지를 상징한다. 꺼진 상태는 히브리인들을 낮에 안내하던 어두운 기둥, 구천계법, 그리스도의 몸을 상징한다. 켜진 상태는 이스라엘이 밤에 보던 빛나는 기둥, 신천계법, 부활한 예수그리스도의 영광의 몸을 상징한다. 부제는 부활초 앞에서 〈파스카 찬송〉*을 부름으로써 이 세 가지 상징을 암시한다.

뒤랑은 특히 초와 그리스도 몸의 유사성을 강조한다. 그는 순결한 밀랍이 구주를 탄생시킨 동정의 마리아처럼 죄 없고 순결한 꿀벌에 의해 만들어졌음을 상기한다. 밀랍과 그리스도 몸이 닮았음을 시각적으로 보여주기 위해 초에 다섯 개의 향 열매를 박아서 그리스도의 다섯 상처와 그의 몸을 씻을 때 여인들이 사용한 향료를 기념한다. 마지막으로 부제가 새 불로 부활초를 점화하면 신천계법이 전파되었음을 나타내기 위해 성당 안 모든 등에 불을 밝힌다.

* Exultet. '소리 높이 기쁘게 노래하라'라는 뜻의 라틴어 부활 찬송.

존 러스킨과 성당

하지만 이는 매우 특별한 예식이라고 주장할 수도 있다. 그렇다면 일상적으로 진행되는 미사를 살펴보도록 하자. 그 또한 상징으로 가득함을 알 수 있을 것이다.

장중하고 구슬픈 입당송이 의식이 시작됨을 알린다. 입당송은 총대주교들과 예언자들의 기다림을 나타낸다. 신부들의 성가대는 바로 구천계법 성인들의 성가대이기도 한데 그들은 자신들 이후에나 메시아가 도래할 것을 알기에 탄식한다. 주교가 입장한다. 주교는 예수 그리스도가 살아 있는 모습을 나타낸다. 주교의 도착은 고대하던 구주의 도래를 상징한다. 특별한 예식에는 사제 앞에 일곱 개의 초를 밝히기도 하는데, 이는 예언자의 말에 따라 성령의 일곱 선물이 하느님의 아들 머리 위에 놓였음을 상징하기 위함이다. 사제는 네 사람이 받드는 화려한 이동 닫집 아래로 들어온다. 이 네 명은 네 복음서의 저자를 나타낸다. 두 명의 복사가 사제의 양쪽에서 나란히 걸어 들어온다. 복사들은 예수 그리스도 옆에서 같이 타보르산을 올랐던 모세와 엘리야를 상징하며, 그리스도가 법과 예언가의 권위를 가졌음을 상징한다. 주교는 침묵한 채 의자에 앉아 있다. 그는 식의 첫 부분에 아무 역할도 수행하지 않는 듯하다. 그의 자세는 비밀과 명상으로 채워진 그리스도의 초기 생애를 상기시킨다. 반면 차부제次副祭는 책받침대 쪽으로 가서 오른쪽으로 돌아 사도서한을 낭독한다. 이를 통해 우리는 최초의 구원의 행위를 목도한다.

사도서한 낭독은 세례자 요한이 사막에서 했던 설교를 나타낸다. 세례자 요한은 그리스도가 목소리를 내기 전에 말하는 자다. 하지만 그는 오로지 유대인들에게만 말한다. 또한 선구자의 상징인 차부제는 구천계법을 상징하는 북쪽을 향해 몸을 돌린다. 낭독을 끝내면 차부제는 주교에게 머리를 숙여 인사한다. 이는 그리스도 앞에서 스스로를 낮춘 구원자를 상징한다.

사도서한 낭독에 이은 화답송은 다시 한번 세례자 요한의 임무와 관계된 것이다. 그 층계송은 세례자 요한이 신천계법이 도래하기 직전 유대인들에게 회개할 것을 권했던 사실을 상징한다.

마침내 사제가 복음서를 강독한다. 매우 장중한 이 순간은 메시아의 삶이 본격적으로 시작됨을 알린다. 그분의 말씀이 처음으로 세상에 퍼진다. 복음서의 강독은 그분의 설교 그 자체다.

마치 믿음이 진리의 선포를 뒤따르듯 사도신경이 복음서에 이어진다. 사도신경의 12절은 12사도의 부름을 상징한다.

사제가 제단 앞에서 입는 의복과 식의 거행을 위해 사용하는 물건들은 모두 상징으로 가득하다. 다른 옷 위에 걸치는 상제의上祭衣는 모든 율법보다 상위에 있는 자비를 상징한다. 자비는 최고의 율법이다. 목 뒤로 걸쳐 늘어뜨리는 영대는 구세주의 멍에를 상징한다. 모든 그리스도인들은 이 멍에를 기꺼이 짊어져야 한다고 써져 있듯 사제는 영대를 착용할 때와 벗을 때 모두 그것에 입맞춤한다. 두 개의 뾰족한 끝이 있는 주교관은 구약성서와 신약성서 모두에 들어 있는 과학을 상징한다. 그 끝에는 각각 끈이 하나씩 연결되어 있는데 이것은 성서가 문자 그대로, 그리고 상징적으로 해석되어야 함을 의미한다. 종은 설교가의 목소리다. 종을 걸어놓은 지지대는 십자가형이다. 또한 종을 매달아 놓은 세 개의 심으로 엮어 만든 줄은 성서가 내포하고 있는 세 가지 의미, 즉 역사적, 은유적, 도덕적 의미를 상징한다. 그 줄을 잡아당겨 종을 친다는 것은 성서를 아는 것에 그치지 않고 그것을 곧 실천으로 옮겨야 한다는 본질적인 진리를 상징적으로 표현한다.

이렇듯 사제의 아주 작은 손짓과 목 뒤로 걸치는 영대에 이르기까지, 모든 것이 성당 전체를 감싸고 있는 숭고한 감정과 함께 상징성을 띤다.

과학과 정신과 역사를 비추는 거울로서 이와 같은 장관은 어떤 다른 유사한 형태로라도 인류가 보거나 이해할 수 있도록 제시된 적이 없었다. 성당이라는 거대한 배 안에서 연주되는 음악 또한 같은 종류의 상징성을 띤다. 그레고리오 성가의 7음조는 일곱 개의 종교적 미덕과 일곱 시기를 상징한다. 바이로이트에서 연주되는 바그너의 음악(국가 지원을 받으며 공연되는 에밀 오지에나 알렉상드르 뒤마의 작품은 말할 것도 없고)조차 샤르트르 대성당에서 집전되는 미사 전례에 비하면 소박하다는 인상을 준다.

아마도 중세 시대의 종교예술을 연구한 학자들만이 이러한 작품의 아름다움을 완전히 이해할 수 있을 것이다. 그리고 이러한 사실 하나만으로도 국가가 미사 전례가 유지될 수 있도록 보호할 의무가 설명된다. 국가는 이미 극소수만을 대상으로 하는 콜레주 드 프랑스의 수업을 지원하고 있는데, 이는 성당에서 집전되는 미사 전례의 온전한 부활이라는 경험에 비하면 상당히 의미 없게 느껴지는 것이 사실이다. 또한 이 같은 완전한 교향곡의 향연에 비견하면 국가 보조금을 받고 운영되는 극장에서의 공연들은 그 문학적 필요성이 보잘것없이 느껴진다. 그럼에도 성당이 살아 숨 쉬고 있음을 진정으로 느낄 수 있는 이들은 오로지 중세 시대의 상징으로 가득한 열린 책을 해독할 수 있는 소수인 만큼 모두가 조각과 회화와 음악으로 구성된 성당을 가장 위대한 작품으로 여길 이유는 없다는 사실을 강조할 필요가 있다.

우리는 화성법을 알지 못해도 음악을 느낄 수 있다. 존 러스킨은 성당의 후진에 위치한 예배당들의 배열에 숨어 있는 종교적 상징에 대해 설명하면서 "그것을 탄생시킨 사상에 융화되지 않는 이상 당신은 그 건축물의 위대함에 결코 온전히 감탄할 수 없을 것이다"라고 말했다. 미사 전례에 무지한 사람이라도, 혹은 그것을 이해하려는 작은 노력도 하지 않는 단순한 관광객이라도 일단 성당에 들어가면 틀림없이 혼란스럽지만 적잖이 큰 감동을 느끼는 것 또한 사실이다. 성당이 "친근한 시선을 던지는 상징의 숲"*인 것처럼, 그 안을 산책하는 이가 앞에서 언급한 학자가 느끼는 것과는 분명히 다르지만 미사가 진행 중인 성당에서 막연하나마 느끼는 강력한 감동에 대한 문학적 증언으로 나는 르낭의 『이중기도』를 인용하고자 한다.

오늘날 우리가 볼 수 있는 가장 아름다운 종교적 풍경은(만약 의회에서 현재 논의 중인 법안을 가결한다면 이마저도 더 이상 보지 못할 가능성이 크다) 해 질 무렵 캉페르 성당에서 집전되는 미사다. 거대한 성당의 측랑側廊에 그림자가 드리우면 신도들은 중앙홀에 모여 브르타뉴 지방어로 간결하고 진심 어린 어조로 저녁 기도문을 노래한다. 성당에는 단 두세 개의 램프만이 빛을 밝힐 뿐이다. 중앙홀의 한쪽에는 남자들이 서 있고, 다른 한쪽에는 무릎을 꿇은 채 흰 미사포를 두른 여성들이 형성하는 부동의 바다를 볼 수 있다. 서로 번갈아 노래를 부르는데 한쪽이 시작한 문장을 다른 쪽이 끝맺는다. 그들의 노래는 너무나 아름답다. 그 노래를 처음 들었을 때 약간만 변형한다면 모든 인류의 감정을 표현할 수도 있을 듯하다는 생각이 들었다. 특히 변주를 활용한다면 남성과 여성 모

* 보들레르의 『악의 꽃』 중 「상응」의 시구.

존 러스킨과 성당

두에게 적합할 어떤 기도가 되지는 않을지 상상해보게 되었다.

매력이 없다고 할 수 없는 이와 같은 막연한 몽상과 종교예술 '전문가'가 느끼는 지적 자극에 의한 기쁨 사이에는 분명 상당한 차이가 있다. 가톨릭 전례에서의 가장 아름다운 부분 중 하나를 보다 현대적인 감각에 어울리는 어조로 묘사한 학생 시절의 귀스타브 플로베르를 떠올려보자.

사제는 엄지손가락을 성유에 담갔다가 그녀의 눈에 도유식塗油式을 시작한다……. 이어서 따뜻한 미풍과 사랑스러운 향기를 찾는 콧구멍, 감미로운 감촉에 화들짝 놀라는 그녀의 두 손…… 그리고 마지막으로 욕망을 좇느라 쉼 없이 종종거렸던 두 발, 그러나 이제는 움직이지도 못하는 두 발에 도유식을 마친다.

성당 안에 존재하는 거의 모든 이미지들이 상징이라고 말한 것은 사실이다. 하지만 어떤 것은 전혀 그렇지 않다. 헌금을 봉헌함으로써 성당을 장식하는 데 기여한 신자들의 이미지가 바로 그런 경우다. 그들은 미사가 거행될 때 알코브의 받침기둥이나 스테인드글라스의 한 부분을 통해서 말없이 동참하고 기도하고자 한 것이다. In saecula saeculorum.* 라옹의 황소들은 성당이 자리 잡은 언덕 꼭대기까지 종교적 순종을 다해 성당을 건설하는 데 필요한 자재들을 실어 날랐고, 건축가는 황소들을 기리기 위해 종루 발치에 그 조각상을 제작했다. 오늘날 저녁 종소리가 울려 퍼지고 석양빛이 대기를 물들일 때면 우리는 종루의 꼭대기에서 그 아래 있는 황소 조각상들이 드넓게 펼쳐진 프랑스의 들판을 따라 '내면의 몽상'을 이어가고 있는 모습을 지켜볼 수 있다. 만약 그것들이 파괴되지 않고 살아남는다면 매해 봄, 그들은 꽃이 핀 대신 무덤들이 들어선 들판을 지켜보게 되지 않을까? 피의 대홍수가 멈춘 후 아라랏산에 닿은 노아가 거대한 방주에서 동물들을 나오게 했던 것처럼, 즉 성당 밖으로 내보내는 것이 황소들에게 해줄 수 있는 유일한 보상이었다. 사람들에게는 그보다 더 특혜를 주었다.

사람들은 성당 안으로 들어와서 그들이 죽은 다음에

---

* 영광송의 마지막 구문으로 '영원토록'이라는 의미.

존 러스킨과 성당

맡을 자리에 앉았다. 그 자리에서 그들은 죽은 뒤에도 마치 살아 있을 때처럼 똑같이 미사에 참여할 수 있다. 대리석 묘에 기댄 채 복음서나 사도서한이 놓여 있는 쪽으로 살짝 머리를 돌려 브루의 성당처럼 그들의 이름 첫 글자를 수놓은 빼곡한 꽃무늬 장식을 감상하거나, 디종 성당처럼 삶의 생생한 색채를 그대로 간직할 수도 있다. 그곳의 스테인드글라스에는 자줏빛, 푸른빛, 청록빛의 망토가 햇빛을 가둔 채 팽창했다가 마침내 환상적인 색채를 온 사방에 방출하며 중앙홀을 황홀하게 물들이고 비현실적인 감각으로 채운다.

어떤 기부자들은 바로 이런 것들로 자신들을 위한 영원한 기도를 보상받기도 했다. 그리고 그들은 모두 하나같이 성령이 성당 안에 들어올 때면 자신들을 알아보기를 바란다. 왕관이나 목에 두르는 황금빛 양의 털가죽 등 지위를 나타내는 표상을 갖는 것은 비단 여왕이나 왕자만은 아니다. 환전상은 화폐를 세는 모습으로, 모피 제조공은 모피를 거래하는 모습으로(에밀 말의 책에서 이 두 상인을 나타내는 스테인드글라스 도판을 살펴보길), 정육점 주인은 소를 잡는 모습으로, 기사는 문장을 단 모습으로, 조각가는 기둥머리를 조각하는 모습으로 표현되었다. 샤르트르, 투르, 상스, 부르주, 오세르, 클레르몽, 툴루즈, 트루아 성당의 스테인드글라스에서 볼 수 있는 통 제조공, 모피 제조공, 식료품상, 순례자, 노동자, 무기공, 방직공, 석공, 푸주한, 광주리공, 구두 수선공, 환전상 등은 성당의 건설을 위해, 그리고 영원히 전례에 참여하기 위해 그들이 내줄 수 있는 가장 값진 것을 봉헌했지만 이 법안이 통과되면 그들은 더 이상 미사를 드릴 수 없을 것이다. 죽은 자는 산 자를 통제할 수 없다. 그리고 망각의 존재인 산 자는 죽은 자의 소원을 더 이상 들어주지 않는다.

1차 발표: 1904년 《피가로》
2차 발표: 1919년 『모작과 잡록』

살아남은 성당들

상당히 늦은 오후에 출발한 관계로 리지외와 루비에 사이에 위치한 부모님 댁에 너무 어두워지기 전에 도착하려면 서둘러야 했다. 차 안에서 유리창을 통해 본 바깥 풍경은 9월의 아름다운 가을날을 담고 있었다. 이런 날은 바깥에서 직접 바라볼 때 무언가 투명한 막을 통해 보는 듯한 인상을 주곤 한다. 아주 멀리서 나를 알아본 정겨운 오래된 시골집들은 서둘러 내 앞으로 달려와 신선한 향기로 가득한 장미를 한 아름 안기거나 그 집들이 정성들여 키운, 이미 그들의 담보다 키가 훌쩍 커버린 접시꽃들을 자랑스럽게 선보인다. 배나무에 기대어서 있는 어떤 집들은 이제 나이가 들어서 그 나무에 의지하고 있음에도 여전히 예전처럼 자신들이 배나무를 보호해주고 있다고 믿고 있다. 그 집들은 배나무의 가지들이 한없이 여리고 열정으로 가득했던 때를 떠올리며 먹먹해진 가슴에 그것을 꼭 안고 있었다.

곧 도로가 오른쪽으로 굽어지더니 도로에 인접한 산기슭이 낮아지면서 캉의 들판이 눈앞에 펼쳐졌다. 반면 내가 있는 위치에서 충분히 보일 만한데도 캉의 시내는 여전히 나타나지도, 그 존재를 짐작하게 할 만한 아무 단서도 드러내지 않고 있었다. 다만 지평선 높이의 허허벌판에서 갑자기 튀어나온 생테티엔 성당의 두 개의 종탑만이 하늘을 향해 솟아올랐다. 곧 종탑은 세 개가 되었다. 생피에르의 종탑이 그들을 마중 나온 것이다. 하늘로 뻗은 세 개의 뾰족한 바늘 같은 모습의 세쌍둥이 종탑들은 종종 터너의 그림에서 볼 수 있는 작품 전체를 지배하는 드넓은 하늘이나 바다, 혹은 우거진 숲에 비해 너무나 작고 미미해서 한순간 나타났다가 사라질 무지개나 저녁 5시의 햇살, 혹은 화폭의 앞쪽에서 바구니를 이고 가는 이름 없는 시골 여인만큼이나 작은 자리를 차지함에도 그 회화 작품의 제목이 되는 작은 수도원이나 영주의 성과도 같았다.

차를 타고 몇 분이 지났음에도 세 종탑은 날아가지 않고 들판에서 햇볕을 즐기는 새들처럼 여전히 내 앞에 있었다. 그 순간 직전까지만 해도 아무것도 없던 자리에 안개가 걷히면서 손에 잡힐 듯한 형태를 드러내는 나무들처럼 갑자기 삼위일체의 탑들이, 아니 정확히 말하자면 하나의 탑이 우뚝 나타났다. 그 탑이 어찌나 당당하게 모습을 드러냈는지 그 뒤에 그것의 쌍둥이 탑이 가려졌던 것이다. 하지만 이어서 뒤에 있던 탑이 한 발짝 떨어지자 앞선 탑도 제 위치를 다잡으며 마침내 두 탑은 나란히 동등한 위치에서 본래의 모습을 드러냈다. 이어서 늦게 도착한 또 다른 종탑이 과감한 급회전을 그리며 쌍둥이 탑 앞으로 끼어들었다. 도로가 내리막길에 접어들자 마침내 세 개의 탑 사이로 보이기 시작한 시내는 수직으로 곧장 솟은 자기네 지붕들의 자유분방함을 체념한 듯이 표출했다. 나는 운전사에게 생테티엔 종탑들 앞에서 잠시 멈춰달라고 부탁했다. 그러나 가깝게 보였음에도 막상 가다 보니 생각보다 시간이 너무 오래 걸려 시계를 꺼내 도착하기까지 얼마나 더 걸릴지를 가늠해보았다. 우리 차가 아무리 용을 써도 종탑들은 여전히 일정한 거리를 유지하는 것만 같았다. 그러다 마지막 순간에서야 그동안의 시간과 거리와 속도가 한꺼번에 정산되기라도 하듯 어찌나 갑자기 우리 앞에 그 거대한 형상을 드러내던지 하마터면 차가 성당 입구에 부딪힐 뻔했다.

우리는 계속 길을 갔다. 캉을 벗어난 지는 이미 꽤 지났고 시내는 여전히 몇 초간 우리를 배웅하다가 완전히 사라졌다. 다만 생테티엔 성당의 두 개의 종탑과 생피에르 종탑 한 개만이 이별의 손짓으로 마지막 햇빛을 머금은 탑의 꼭대기를 마지막까지 흔들어주었다. 때로 탑 한 개가 나머지 탑들에게 우리를 볼 수 있도록 자리를 양보하기도 했다. 하지만 곧 한 개가 완전히 사라지고 두 개만이 남았다. 마침내 두 개의 종탑마저 두 개의 가느다란 황금기둥이 되어 자취를 감췄다.

그 후로도 나는 여러 번 해 질 녘 캉의 들판을 지나갔고 그때마다 그 종탑들을 봤다. 때로 그것은 들판의 낮은 지평선 위로 펼쳐진 하늘을 배경으로 그린 두 송이의 작은 꽃 같았고, 때로는 생피에르 종탑에 이미 따라잡혀 민담에 등장하는 어둠 속에서 길을 잃은 세 명의 어린 소녀 같은 모습을 하고 있었다. 내가 멀어지면서 본 그들의 마지막은 몇 차례 발을 헛디디고 서로 부딪히기도 하나 고귀함을 간직한 채 서글픈 분홍빛을 머금은 하늘 아래 서로를 꼭 안아 한 덩어리가 되어 마침내 밤의 어둠 속으로 사라지는 모습이었다.

내가 올 것이란 사실을 전혀 예상치 못하고 계실 부모님을 생각하며 너무 어두워지기 전에 도착하고자 조바심이 나기 시작했지만 리지외는 나타날 생각이 전혀 없는 듯했다. 내리막길이 나와 가속도를 내며 힘껏 내

존 러스킨과 성당

려가기 시작하자마자 그 길의 끝자락에 위치한 핏빛으로 물든 분지 바로 위로 우리를 앞지르기 위해 서둘러 간 듯한 리지외가 헐떡거리며 펼쳐놓은 낡은 집들과 주홍빛 굴뚝들이 보였다. 한순간에 모든 것들은 본래의 위치를 되찾았고, 몇 초 후 우리가 페브르 거리의 모퉁이에 도착했을 때 성자들과 악마 조각상의 머리 위로 화환을 드리운 꽃나무의 가느다란 가지들에 둘러싸인 오래된 집들은 15세기 이후 내내 그곳에서 그 자세로 서 있는 것만 같은 인상을 주었다. 그러나 바로 그 순간 자동차 엔진에 이상이 생겨 우리는 어두워질 때까지 리지외에 머물 수밖에 없었다. 수리를 마친 후 다시 출발하기 전에 러스킨이 언급한 바 있는 성당 정면에 부조된 나뭇잎 형상들이 다시 보고 싶어진 나는 성당으로 갔으나 그 앞 도로에 세워진 가로등 빛이 너무 약해서 노트르담 성당은 거의 어둠 속에 숨어 있는 것과 마찬가지였다. 성당의 포치를 구성하는 저 유명한 거대 돌기둥과 영국의 헨리 2세와 엘레오노르 다키텐이 성대한 결혼식을 올릴 때 그 앞으로 지나갔을지도 모르는 맨 앞줄을 보지는 못하더라도 손으로 만져보기라도 하고자 나는 더듬거리며 나아갔다. 이렇게 성당 정면을 향해 나아가는 순간 갑자기 강렬한 빛이 그것을 비추었다. 그러자 각각의 기둥 하나하나가 어둠 속에서 튀어나왔고, 돌로 조각된 나뭇잎들은 뒤에 자리 잡고 있는 어둠과 더욱 강렬한 대비를 이루며 앞으로 돌출되어 보였다. 나의 영리한 운전사 아고스티넬리가 자동차 전조등을 비추어 오래된 조각상들에 현재의 선물을 전해준 것이다. 그는 포치의 모든 부분들에서 내가 보고자 하는 것들을 순서대로 비춤으로써 과거의 교훈을 한층 수월하게 읽을 수 있도록 도왔다.*

차로 돌아왔을 때는 불빛을 보고 호기심에 이끌린 한 무리의 어린아이들이 주변에 몰려 있었다. 불빛을 향한 그들의 얼굴 아래로 흔들거리는 곱슬머리는 자동차가 비추는 초현실적인 빛을 받아 성당 벽에 그리스도의 탄생을 나타내는 그림자 형상을 재현하고 있었다. 우리가 리지외를 떠났을 때는 한밤중이었다. 나의 운전사는 고무 재질로 된 풍성한 점퍼를 입고 수염조차 없는 동그란 어린 얼굴에는 귀를 덮는 모자를 쓰고 있었는데, 점

---

* 이 글을 썼을 때는, 그로부터 7~8년 후에 이 젊은 청년이 내 원고를 타이핑하는 일을 하게 해달라고 부탁하고, 나의 이름과 내 소설 속 인물의 이름을 합친 '마르셀 스완'이라는 가명으로 비행기 조종 수업에 등록할 것이며, 스물여섯 살에 비행기 사고로 앙티브 앞바다에 추락하여 사망할 것이라는 사실을 알지 못했다. ─원주

점 더 속도를 내며 어둠을 질주하는 모습이 마치 속도의 신을 섬기는 순례자, 아니 차라리 수녀와도 같은 인상을 주었다. 때때로―한층 더 비물질적인 악기를 연주하는 성 체칠리아처럼―그는 자동차 안에 숨겨져 있는 악기의 건반을 두들기곤 했다. 우리는 자동차가 지속적으로 음악을 연주하고 있었음에도 단지 그 톤이 바뀔 때만, 즉 기어가 바뀔 때만 그것을 알아챈다. 자동차의 이러한 음악은 상징과 숫자로 가득한 추상적인 음악이다. 어떤 이들은 행성들이 궤도를 돌 때 화음을 낸다고도 하는데 그런 소리를 떠올리게도 한다.

하지만 대부분의 경우 운전사는 단지 핸들만 잡고 있을 뿐이었고, 방향을 조절하기 위해 손을 얹어놓고 있는 그 핸들은 파리의 생트샤펠 성당의 성가대석 기둥들에 등진 채 서 있는 사도 조각상들이 들고 있는 십자가나 생뵈누아의 십자가, 혹은 중세의 예술품에서 바퀴를 형상화한 모든 일반적인 상징들과 상당히 유사했다. 그는 그것을 특별히 사용하는 것 같지도 않아 보였다. 그저 그가 무엇인지를 나타내는 하나의 알레고리처럼 그가 가는 곳이면 으레 따라다녀야 하는 상징에 불과했다. 마치 대성당들의 포치에 서 있는 수많은 성인 조각상들이 어떤 이는 닻을, 또 다른 이는 바퀴를, 하프, 낫, 철책,

사냥용 뿔피리, 붓 등을 들고 서 있는 것과 마찬가지다. 이런 상징들은 대개 그것을 들고 있는 자들이 살아생전 무엇에 뛰어났었는지를 보여주기 위한 것이지만 간혹 그들이 겪은 수난과 목숨을 앗아 간 도구를 나타내는 경우도 있다. 나를 데려다주었던 젊은 운전사의 핸들은 그의 수난에 대한 예고가 아닌, 언제까지나 그의 재주를 상징하는 도구가 될 수 있기를.

우리는 잠시 어느 마을에 정차해야 했다. 그 마을 주민들에게 나는 아주 잠시 동안이나마 철로가 들어서면서 사라진, 그러다가 자동차 도로가 생기면서 다시 나타나기 시작한 '여행객'의 신분이 되었다. 즉 나는 플랑드르의 회화 작품에서 종종 볼 수 있는 하녀가 술 한 잔을 따라주는 투숙객, 알베르트 카이프의 풍경화 속에서 행인에게 길을 묻는 인물(그러나 러스킨의 표현에 의하면 외관만 봐도 제대로 답을 해줄 성싶지 않은 행인), 라퐁텐의 우화에 가을이 되면("여행객들이 감기에 걸리지 않도록 특별히 조심해야 하는 계절") 펄럭이는 망토를 휘날리며 태양 아래, 바람에 맞서 말을 타고 달리는 인물, 오늘날에는 실제로 거의 찾아볼 수 없는 '말 탄 기사', 간혹 썰물 때 석양 속에서 말을 타고 지나가(초저녁의 긴 그림자로 미루어 틀림없이 과거에서 부활했을 바로 그 자) 그 존재만으로도 지금 우리 앞에 펼쳐지고 있는 평범한 바닷가의 모습을 화가가 직접 날짜를 기입하고 서명까지 하게 만드는 작품으로서의 '바다 풍경'으로 바꾸게 할 인물, 링컬바흐, 부베르만, 혹은 아드리안 반 드 벨트가 서사를 유독 좋아하는 할렘의 부유한 후원자들의 구미에 맞게 뒤늦게 화폭에 추가한 인물, 혹은 빌럼 반 드 벨트나 루이스다엘이 바닷가 풍경에 뒤늦게 덧붙인 작은 인물이 되었다.

하지만 자동차가 여행객에게 부여한 가장 소중한 선물은 원하는 시간에 출발하고, 원하는 장소에 멈출 수 있도록 허락하는 독립성이다. 바람이 거칠게 부는 어느 날, 폭풍우에 얻어맞으며 웅크린 채 잠들어 있는 시내의 무기력한 도로 대신 뺨을 내리치듯 거칠게 휘몰아치는 파도가 넘실대는 바다를 보고자 하는 어찌할 수 없는 욕망을 경험해본 이는 내가 의미하는 바를 이해할 것이다. 특히 밤새 고통을 끌어안은 채 밤을 지새우리란 두려움을 느껴본 이, 한참이나 근심과 씨름하다가 마침내 체념하고 무겁게 두근거리는 심장을 달래며 잠자리에 들기 위해 침실로 올라가려는 순간 발걸음을 멈추고, "아니, 난 올라가지 않겠어. 말에 안장을 얹어놓길! 자동차에 시동을 걸어놓길!"이라 외치고, 거기에 그대로 있었다면 고통에 의해 질식되었을 테지만 지금 이런 고통에는 개의치 않고 모두가 잠들어 있는 작은 지붕을 하나하나 거쳐 마침내 마을을 전속력을 다해 들키지 않고 벗어났던 환희를 느껴본 자는 내가 의미하는 바를 이해할 것이다.

자동차는 안쪽으로 난 길 모퉁이에 있는, 시든 붓꽃과 장미로 가려진 문 앞에서 멈췄다. 부모님 댁에 도착한 것이다. 운전사는 정원사가 대문을 열도록 자동차 경적을 울렸다. 그 경적 소리는 특유의 높고 단순한 음으로 듣기에 거북하지만 동시에 감정이 배어 있다면 아름답게 느껴지는 그런 종류의 소리다. 그것은 부모님의 가슴에는 기대하지 않았던 말소리처럼 기쁨으로 울려 퍼진다. "무슨 소리지……? 우리 아들이 틀림없어!" 두 분은 자리에서 일어나 촛불을 켜고, 문을 열 때 바람에 꺼지지 않도록 손으로 가리며 서둘러 계단을 내려온다. 부모님이 정원에 나왔을 때 기쁨으로 가득한 자동차 경적 소리는 이제 거의 인간적인 양상을 띤 채 임박한 기쁨에 대한 확신에 찬 소리, 동시에 혹시나 하는 불안감과도 같은 다급하고 재촉하는 소리처럼 울린다. 그리고 나는 〈트리스탄과 이졸데〉에서 (우선 2막에서 이졸데가 신호로 스카프를 흔들 때, 이어 3막에서 배가 도착할 때) 바그너가 그의 위대한 창의성을 드러내지 않고도 인간의 영혼이 느낄 수 있는 최고조의 행복의 기다림을 처음에는 아까와 같은, 점점 더 빨라지는 연속적인 두 고음으로(매우 드물기는 하지만 자연 속에서도 우연히 이러한 연속적인 두 음이 발생하기도 한다), 두 번째로는 하찮은 목동이 부는 점점 더 커지는, 답답할 정도로 단조로운 피리 소리로 표현했다는 사실을 떠올린다.

1차 발표:「자동차 여행의 인상」, 1907년《피가로》
2차 발표:「살아남은 성당들」, 1919년『모작과 잡록』

독서

『생트뵈브에 반박하여』서문

매일 나는 지성에 중요성을 덜 둔다. 매일 나는 작가가 예술의 유일한 질료인 과거의 인상을 되찾기 위해서는, 다시 말해 자신의 내부에 도달하기 위해서는 지성 외의 것으로 해야 한다는 사실을 더 잘 이해한다. 지성이 과거의 이름으로 우리에게 보여주는 것은 과거가 아니다. 영혼이 육신을 떠나면 특정 사물로 옮겨간다고 믿는 대중들의 민담처럼 우리 삶의 매 시간은 죽으면 특정한 사물에 깃든다. 우리가 살아가면서 다시 그 사물을 대면하지 않는 한 우리의 삶을 이루는 시간들은 그 사물에 영원히 갇힌다. 그것을 통해 우리는 잃어버린 시간을 알아보고, 그 시간의 이름을 부르면 그것은 자유를 찾는다. 살면서 시간을 가두어둔 사물 — 혹은 감각, 왜냐하면 모든 사물은 우리와의 관계 속에서 감각이기 때문에 — 을 결코 다시 만나지 못할 수도 있다. 그렇게 되면 우리의 삶을 이루었던 그 시간들은 결코 부활하지 못한다. 아주 작고, 길을 잃어버린 사물이라면 다시는 만나지 못할 가능성이 크다.

내가 여러 해 여름을 보냈던 어느 시골집이 있다. 간혹 나는 그때의 여름을 떠올려보았지만, 그러한 기억은 결코 그 여름들과 같지 않다. 그 시간들은 내게 영원히 죽은 것으로 남을 확률이 컸다. 그것의 부활은 다른 많은 부활과 마찬가지로 아주 사소한 우연에 기인했다. 어느 날 저녁, 추위에 꽁꽁 얼어 귀가한 나는 여전히 몸을 떨면서 내 방으로 올라와 램프 불빛에 의지해 책을 읽기 시작했다. 나이 든 요리사는 평소 내 습관과는 달리 따뜻한 차를 한 잔 권했다. 그리고 우연히도 그녀는 살짝 데운 얇은 빵도 몇 조각 함께 가져왔다. 따뜻한 빵을 차에 찍어 한 입 베어 문 순간, 입천장에 차의 향과 함께 부드러워진 빵의 감촉, 제라늄과 오렌지나무 향, 놀라운 빛과 행복감이 느껴지면서 나는 혼란스러웠다. 조금이라도 움직이면 내 안에서 벌어지고 있는 이해하지 못할 이것이 멈출까 봐 꼼짝도 않고 있었다. 그리고 이토록 놀라운 현상의 원인이 차에 적신 빵의 맛이라고 믿은 채 그것에 집중하고 있을 때 내 기억의 틀을 형성하던 벽이 흔들리더니 이내 무너지며 마침내 앞서 언급했던 시골집에서의 여름날들, 그곳에서의 아침과 함께 행복 가득했던 시간들이 줄줄이 의식 속에서 터져 나왔다. 그리고 기억이 났다. 나는 매일 옷을 갈아입은 다음 잠에서 깨어난 할아버지가 차를 마시던 방으로 내려가곤 했다. 할아버지는 비스킷 하나를 차에 적셔 내게 먹으라고 주셨다. 이런 여름날들이 다 지나간 후 차에 적셔 부드러워진 비스킷의 감촉은 죽은 — 지성의 관점에서 죽은 — 시간들이 몸을 숨긴 안식처가 되었고, 그 겨울날 저녁, 추위에 떨며 집에 들어왔을 때 요리사가 내가 이해하지 못하는 기묘한 우연에 의해 내게 차를 권하지 않았더라면 결코 되찾지 못했을 것이다. 빵을 한입 베어 문 순간 잃어버린 산책로들과 함께 희미하고 뿌옇던 정원 전체가 그것을 이루는 각 화단들의 온갖 꽃들과 함께 작은 찻잔 속에서, 마치 물에 담그면 즉시 활짝 펼쳐지는 일본식 종이접기 꽃들처럼 펼쳐졌다.

마찬가지로 지성이 내게 돌려주지 못했던 베네치아에서의 나날들은 내게 죽어 있었다. 작년에 고르지 못한 반짝이는 포석들이 깔려 있던 작은 안뜰을 지나가다 갑자기 발걸음을 멈추게 되었을 때까지도 그랬다. 함께 있던 친구들은 내가 발이 걸려 넘어질 뻔한 것은 아닌가 염려했지만 나는 그들에게 곧 뒤따라갈 테니 어서

가던 길을 계속 가라고 재촉했다. 더 중요한 무언가가 나를 붙잡았고, 그것이 아직 무엇인지는 몰랐으나 내 깊숙한 곳에서 알아보지 못하겠는 어떤 과거가 전율하는 것을 느낄 수 있었다. 포석에 발을 딛던 순간 나는 그런 혼란을 느낄 수 있었다. 행복이 엄습하는 것을 느낄 수 있었고, 과거의 인상이라는 우리를 구성하는 가장 순수한 본질로, 순수한 상태로 보관된 순수한 삶으로(우리는 순수한 삶을 보관된 형태로밖에 알 수가 없다. 그것을 실제로 경험할 때는 기억이 끼어들 틈이 없고 다만 오히려 그것을 파괴하기 마련인 감각을 통해서 나타나기 때문이다) 조금이나마 나를 채울 수 있을 것만 같았다. 이렇게 잘 보관되어 있던 삶은 어서 풀어달라고, 시와 인생에 대한 나의 소중한 보물들을 증폭하게 해달라고 외치고 있었다. 하지만 그것을 해방시킬 힘이 내게 있을 듯싶지 않았다. 과거가 도망칠까 겁이 났다. 아! 그런 순간에 지성은 아무 도움도 되지 못했다. 나는 조금 전과 같은 상태가 되도록 그 불규칙하고 반짝이던 포석 쪽을 향해 몇 걸음 뒤로 갔다. 갑자기 빛의 물결이 내 온몸을 휘감았다. 산마르코 광장의 불규칙하고 매끄러운 포장에서 내 발에 전달되었던 것과 같은 감각이었다. 그날 나를 기다리던 곤돌라가 묶여 있던 운하에 드리워진 그림자, 그 시간들

독서

의 행복과 소중함이 같은 감각을 통해 부활했고 그것을 다시 경험할 수 있었다.

이러한 부활에 지성은 아무 역할도 못 할 뿐 아니라 과거의 시간들은 지성이 의도적으로 연관시키려고 하는 사물들 안에서는 자리를 잡으려 하지 않는다. 의식적으로 과거의 특정 순간들과 관계를 맺게 하려고 한 사물들 속에서 그러한 순간들은 은신처를 선택하지 않는다. 지성이 과거의 시간을 부활시킨다 해도 그것은 시詩가 결여된 과거에 불과하다.

언젠가 기차 여행을 하던 중 창밖으로 펼쳐지는 풍경에서 그것만의 특별한 인상을 캐내려 애쓴 적이 있다. 시골의 한 작은 묘지, 햇빛이 일련의 나무들에 드리운 빛줄기들과 『골짜기의 백합』에 등장할 법한 꽃들을 보며 그것들을 묘사했다. 그 이후 나는 종종 빛줄기들로 물든 나무들과 시골 마을의 묘지를 상기하면서 그날을, 그날의 차가운 허상이 아닌 그날의 본질을 떠올리려 했다. 그러나 결코 성공하지 못했고 그 때문에 절망했다. 그러던 어느 날 점심을 먹다가 숟가락을 접시에 떨어뜨렸다. 그러자 과거의 그날, 선로 통제원이 역에서 기차 바퀴를 망치로 두드리던 것과 똑같은 소리가 났다. 그 즉시 망치 소리가 들리던 그 무덥고 현기증 나던 시간이, 그날의 시적인 모든 것들이, 오로지 의도적 관찰에 의해 상기되었고 시적인 부활이 불가능해졌던 시골 마을의 묘지와 빛줄기를 받은 나무들과 발자크 식의 꽃을 제외한 그날의 시적인 모든 것들이 다시 살아났다.

때로 우리는 그 사물을 만나기도 하고, 잃어버린 감각이 우리를 전율시키기도 하지만, 안타깝게도 그 시간이 너무 멀리 떨어져 있어서 연관된 감각이 무엇인지, 이름을 부를 수가 없으면 그것은 부활하지 못한다. 예전에 어느 관공서를 지나가다가 유리창의 깨진 부분에 덧댄 초록색 부직포를 보고 나는 발걸음을 멈추었다. 나 자신의 목소리가 들려왔고, 여름날의 빛이 엄습했다. 무엇 때문에? 나는 기억해내려 애썼다. 햇빛 속에서 날아다니는 꿀벌이 보였고, 식탁 위의 체리 향기도 났다. 그러나 기억해낼 수 없었다. 일순간 나는 자다가 한밤중에 눈을 뜨게 되었을 때 자신이 있는 곳이 어디인지, 어떤 침대인지, 어떤 집인지, 지구상에서 어떤 장소인지, 삶의 어느 순간인지 알지 못한 채 자신이 언제, 어디에 있는지 알아내기 위해 애쓰는 사람 같았다. 나는 네모난 초록 부직포 조각 앞에서 막 깨어나려는 기억이 부활시키는 시간과 장소를 어디쯤에 위치시켜야 하는지 망설이고 있었다. 나는 선명하거나 잃어버린 뒤죽박

독서

죽이 된 모든 인상들 속에서 헤매다 곧 더 이상 아무것도 볼 수가 없었다. 나의 기억은 영원히 잠들어버렸다.

함께 산책을 하다가 앞에 펼쳐진 작은 오솔길, 혹은 나무들 앞에서 걸음을 멈춰버린 내가 잠시만 혼자 있게 해달라고 요청하던 순간을 친구들은 얼마나 여러 번 경험했던가. 하지만 소용없는 일이었다. 과거를 추격할 새로운 힘을 얻기 위해 때때로 나는 눈을 감고, 머릿속을 비우다가 그 나무들을 처음 보았을 때를 재현하며 갑자기 눈을 떴다. 하지만 그것들을 어디서 보았는지 알아낼 수 없었다. 그 형태, 자세 등은 익숙했으며, 나무들이 그리는 선은 내 가슴을 설레게 하는 사랑스럽고도 신비한 그림 위에 놓고 새긴 듯했다. 그러나 나는 그 이상을 말할 수 없었고, 그 나무들조차 순진하고도 열정적인 자세로 스스로를 표현할 수 없어서, 내가 파헤치지 못하고 있는 비밀을 말해주지 못해서 유감스러워하는 것 같았다. 소중한 과거의 유령들. 그 유령들이 너무나 소중해 내 가슴은 터질 듯이 방망이질했고, 그들은 아이네이스가 지옥에서 만난 그림자들처럼 무기력한 팔을 내게 내밀었다. 행복했던 어린 시절 마을 주변 산책로에서 마주친 나무들이었을까? 아니면 비록 그저 상상에 불과한 장소지만 이미 하나의 꿈이 돼버린 내 어린 시절의 장소보다 오히려 더 실재적인 장소, 밤새도록 환한 호수나 숲 옆에서 어머니가 편찮으시다고 걱정하던 나만의 장소에 존재하던 나무들이었을까. 다시는 보지 못할 과거에 영원히 등을 돌린다는 불안감을 안고 나는 내게 무기력하고 애정 어린 팔을 뻗어 "우리를 되살려다오"라고 말하는 듯한 죽은 자들을 부정하며 길 저쪽에서 기다리고 있던 친구들에게 돌아갈 수밖에 없었다. 나는 친구들을 뒤따라가 그들의 대화에 다시 참여하기 전에 말하고 싶으면서도 말하지 못하는, 여전히 눈앞에서는 소용돌이치지만 가슴에는 더 이상 아무 울림도 일으키지 못하는 나무들의 굽은 선을 향해 때때로, 그러나 점점 더 힘없는 시선을 돌렸다.

우리의 내밀한 본질인 이러한 과거 옆에서 지성이 갖는 힘은 실재성을 잃는다. 특히 우리가 점점 쇠약해지기 시작하면서부터는 과거를 되찾는 데 도움을 주는 것들을 좇아야 한다. 예술가는 혼자 산다는 사실을, 그가 보는 사물들의 객관적 가치는 그에게 중요하지 않다는 사실을, 가치의 의미는 오로지 그 안에서만 찾을 수 있다는 사실을 이해하지 못하는 지성인들로부터 인정받지 못할지라도 말이다. 시골의 작은 극장에서 연주되는 조악한 음악회나 고급 취향의 사람이라면 우스꽝스럽게 여길 무도회라도 그것이 파리의 오페라 극장의 연주회나 생제르맹 구역의 우아한 저녁 모임보다도 추억을 더 잘 떠올리게 해주거나 공상과 상상의 세계로 더 잘 이끌 수 있다면 그는 그것에 참여할 수 있다. 북부 지역의 기차 운행 시간표에서 보게 된 어느 역의 이름이 그로 하여금 이미 나뭇잎들이 떨어지고 선선한 바람이 부는 가을날 저녁, 기차를 타고 훌쩍 떠나고 싶은 마음을 일게 한다면, 어린 시절 이후로 들어보지 못한 지명들로 가득한 기차 시간표는 지성인들에게는 아무 가치가 없는 보잘것없는 책자지만, 그에게는 위대한 철학서보다 더 큰 가치를 띨 것이다. 그가 지성인들로부터 재능 있는 사람인데 취미는 고약하다는 말을 듣는다 해도 어쩔 수 없는 일이다.

지성에 이렇게 중요성을 두지 않는 내가 이어질 글에서는 우리가 일상적으로 듣거나 읽는 평이한 것들과는 대조되며 지성에 의해서만 제시되는 소재를 택한 사실에 놀랄 수도 있겠다. 남아 있는 날들을 셈하게 되는 요즘(사실 모든 사람이 그렇지 않은가?), 지적인 작품을 쓰고자 하는 시도 자체가 무용한 일일지 모른다. 하지만 지성에 의한 진리가 조금 전에 언급한 감정이 숨겨진 비밀보다 덜 소중하다고 해도 그것만의 존재 이유를 부정할 수는 없다. 작가는 시인만은 아니다. 위대한 예술 작품은 위대한 지성이 표류하면서 남긴 잔재에 불과한 불완전한 우리 시대에, 이 세기에 가장 위대한 작가들도 간헐적으로 모습을 나타내는 감정의 보물들을 지성의 실타래로 엮었다. 이런 중요한 사실에 대해 우리 시대의 가장 뛰어난 이들이 잘못 생각하는 것을 목격하게 되면 우리는 게으름을 떨쳐내고 그의 잘못을 지적하고자 하는 필요성을 느낀다. 생트뵈브의 방식은 처음 보기에는 그리 대수롭지 않아 보일 수도 있다. 하지만 이어지는 페이지들에서 그의 방식이 지성의 매우 중요한 문제들과 관련되었음을, 내가 이 글을 시작하면서 말한 지성의 열등성이라는, 예술가에게 가장 중요한 문제와 관련되었음을 깨달을 수 있을 것이다. 이 같은 지성의 열등성은 그럼에도 지성만이 밝힐 수 있다. 지성이 최고의 자리를 차지할 수는 없지만 그것이 누구에게 허락될지를 정할 수 있는 것도 지성이기 때문이다. 가치의 서열에서 만년 2등인 지성이지만 1등을 차지하는 것은 본능이라는 선언도 오로지 지성만이 내릴 수 있다.

———

1909년

자크에밀 블랑슈의 『화가의 이야기』 서문

나의 어린 시절의 오퇴유―나의 어린 시절이자 그의 청년 시절의 오퇴유―를 자크 블랑슈가 즐겁게 회상하는 이유를 나는 잘 안다.* 가시적인 세계에서 비가시적인 것으로 이동한 모든 것들, 기억으로 변환된 모든 것들은 더 이상 존재하지 않는 소사나무의 그림자에 가려진 우리의 생각을 미화시킨다. 내가 어린 시절을 보낸 오퇴유는 시간 여행을 통해서나 마주할 수 있는 저 멀리 떨어진 장소로서 나의 관심을 끈다.

과거의 날들에서 현재의 날들까지 오퇴유는 움직이지 않은 채 20년을 더 건넜다. 그동안 자크에밀 블랑슈가 화가와 작가로서 명성을 얻은 반면 나는 그가 산책

---

* 자크에밀 블랑슈는 1919년, 『화가의 이야기―다비드에서 앵그르까지』를 출간하고 다음과 같이 프루스트에게 헌사를 쓴다. "이 책을 마르셀 프루스트에게, 그의 어린 시절과 나의 청년 시절의 오퇴유를 추억하며, 『스완네 집 쪽으로』의 작가에게 존경의 의미를 담아 헌정한다."

했던 같은 정원들과 거리들에서 꽃가루 알레르기로 고생했을 뿐이다. 블랑슈가 마네(친구들이 좋아하기는 했지만 진지하게 받아들이지 않았고 그림에 대해 잘 모른다고 생각했던 그 마네)에게 보낸 놀라움과 지성으로 가득한 찬사는 사실 그 자신에게도 적용시킬 수 있다. 마네와 블랑슈의 상황은 물론 차이가 있고 블랑슈의 세련미는 마네가 받았던 오해와는 다른 양상을 띠지만 본질적으로는 같은 데서 기원한 오해를 일으켰다. 이러한 오해는 과거의 회화만으로 가득한 시선을 간직한 관람객들과 미래를 향한 작품들을 제작하는 화가들 사이에 으레 발생한다. 이런 화가들의 작품을 감상할 때는 그것이 앞서고 있는 긴 시간에 해당하는 거리를 둔 채 '시간'에 감각을 적응시키며 해야 한다.

블랑슈가 그림을 그리고 있을 때 이따금 꽃을 가득 안은 아름다운 여인이 탄 사륜마차가 화가의 작업실 앞에 멈추곤 했다. 그녀는 마차에서 내려 그림들을 감상하며 나름대로 판단을 하는 듯하다. 그녀는 어제저녁 같이 식사를 했던 그토록 잘 차려입고 그토록 감칠맛 나는 대화를 이끌지만 동시에 그토록 신랄한 말을 거침없이 내뱉던 남자의 손끝에서 어떻게 이렇게 위대한 예술 작품이 태어나리라고 감히 상상이나 할 수 있었겠는

독서

가? "자기 하인에게 훌륭한 사람은 없다"는 속담은 틀렸다. 이 속담은 다음과 같이 수정해야 한다. "주인에게 훌륭한 사람은 없다. 초대 손님에게 훌륭한 사람은 없다." 신랄하게 내뱉는 그의 말버릇에 대해서라면 나는 그저 그의 변함없는 너그러움과 정의심만을 기억할 뿐이다. 소위 말하는 그의 신랄함은 사실 블랑슈 자신에게 어느 정도 필요했고, 그런 평판을 받게 된 데도 그의 잘못이 있긴 하다.

르낭이 좋아했던 표현인 'felix culpa(행복한 죄)'를 상기하는 것도 좋을 듯하다. 우아하고 지적이었던 블랑슈가 빠질 수 있었던 위험은 그가 사교에 인생을 탕진하는 것이다. 하지만 자연은 필요한 경우 결과적으로는 다행인 신경증이나 불행을 사람에게 주곤 하는데, 블랑슈의 경우가 바로 그렇다. 독설가로서의 명성은 그가 그림에 집중하는 데 방해가 되었던 사교계로부터 이내 그를 멀어지게 해서, 그 자신이 가든파티에 가기를 원했던 날들에도 그를 강제로 작업실로 밀어 넣었다. 마치 보들레르의 천사가 "내가 너의 수호천사니까, 그렇게 할 거야, 알겠지?"*라고 노래하는 것처럼. "인간의 고통이

* 보들레르의 『악의 꽃』 중에서 「반역자」.

들어가 뭉친 이 미지의 것들"**을 잘 풀어낼 수만 있다면 고통을 야기한 것들에 사실은 감사하는 마음을 가져야 한다고 깨닫게 될 것이다. 마지막으로 대부분의 속담에 내재된 강렬함을 품고 있는 또 다른 속담 하나. "불행은 적어도 어떤 하나에는 좋다."

처음 블랑슈를 만난 장소가 저 놀라웠던 스트로스 부인의 살롱에서였는지, 아니면 마틸드 대공부인이나 베니에르 부인의 살롱에서였는지 기억이 나지 않는데, 당시는 내가 군복무를 하던 스무 살 무렵이었다. 어쨌든 이 세 부인의 살롱에서 그를 가장 자주 만났고, 툴루즈에서 베니에르 부인이 거주하던 우아한 프레몽 저택에서 저녁 식사를 하기 전, 그는 연필로 나를 스케치했고 이것은 후에 그가 유화로 제작한 내 초상화의 밑바탕이 되었다. 그곳에는 때로 이제는 찾아볼 수 없는 제정 시대풍의 화려함으로 치장한 갈리페 후작부인이 사강 대공부인과 함께 로슈 저택이나 페르시아 별장에서부터 올라오곤 했다.

나의 부모님은 봄과 초여름을 블랑슈가 살고 있던 오

** 빅토르 위고의 『명상』 중에서 「빌키에에게」.

퇴유에서 보내곤 했기에 나는 무리 없이 아침이면 그의 집에 가서 모델이 되었다. 지금은 사라지고 옛 터만 남은 교회의 지하 예배당 위에 새로운 교회를 세우는 것처럼 그 당시에는 멋진 정원에 위치한 작업실 위층에 거주지를 올리는 것이 유행이었다. 모델 역할이 끝나면 나는 거실로 나가 점심 식사를 했다. 의사였던 블랑슈의 아버지는 직업적 습관에 따라 내가 때때로 휴식과 안정을 취할 수 있도록 배려해주었다. 또 내가 어떤 의견을 말할 때 블랑슈가 지나치게 흥분하여 반대 의견을 내면 지적, 심적 선함으로 가득하나 늘 정신질환자들을 대하곤 했던 그의 아버지는 아들을 크게 나무라곤 했다. "이런, 쟈크, 그 애를 괴롭히지 좀 말아라. 흥분하지 말고. 자네는 진정하게, 아들 녀석은 자기가 무슨 말을 하는지도 모르고 한 거라네. 백까지 세면서 찬물을 조금씩 마시게." 때로 나는 블랑슈의 집과 매우 가까이 있으며, 블랑슈의 부모님에 비하면 '급'(부르제가 표현할 법한)이 낮은 나의 외종조부 댁에 가서 점심을 먹곤 했다. 블랑슈는 부모님을 모델로 한 놀라운 초상화를 여럿 남겼는데 그 초상화들은 할스가 그린 요양원의 남녀 인사들을 떠올리게 한다.("화가의 어머니는 예술가의 깊은 내면을 끄집어내 표현할 기회가 된다는 사실은 이미 흔하고 진부하기까지 하다"라고 블랑슈는 이 책에서 가장 감미롭고 우수에 찬 진주이자 섬세한 무지개 빛깔을 머금은 유리 제품이라고 할 수 있는 휘슬러에 관한 글에서 밝히고 있다.)

오퇴유에서 나는 외종조부가 살던 그 집에서 같이 지냈는데 그 집은 (모차르트 대로에서부터 시작되는) 길 하나가 관통하여 둘로 나뉜 커다란 정원의 한가운데에 위치해 있었고, 그야말로 주인의 취향이라고는 찾아볼 수 없었다. 그럼에도 내가 햇살을 잔뜩 받으며 보리수꽃의 내음 속에서 퐁텐가를 따라 집에 도착해 2층에 있는 내 방으로 올라가 느끼던 기쁨은 형용할 수 없을 정도다. 그곳에서는 제정 시대의 블루새틴 빛깔의 커다란 커튼이 반사되어 형성하는 진주모빛의 어슴푸레함 속에서 더운 아침나절의 후덥지근한 공기가 비누와 거울 달린 옷장의 단순한 냄새를 한층 더 풍부하고 특별하게 만들곤 했다. 하루에 한 줄기의 햇살만이 찾아와 공기를 마비시키기를 끝낸 채 온기와는 완전히 차단된 작은 거실과, 어찌나 차가워졌는지 그것을 한 모금 넘기는 순간 완전하고도 감미로우며 목구멍에 깊이 밀착되는 능금주가 있는 저장고를 지나면 마침내 식당이 나온다. 식당은 이미 유리병 가득 채워진 체리의 향이 가득 퍼져 투명하고도 응축된 비물질적인 마노석과 같은 느낌이었으며 식칼은 가장 저속한 부르주아식 취향이지만 그래도 내가 좋아했던 크리스탈 받침대 위에 놓여 있었다. 크리스털로부터 반사되는 무지갯빛은 그뤼에르 치즈와 살구가 내뿜은 향과 혼합되어 한층 더 신비로운 분위기를 감돌게 했다. 식당에 여명이 찾아오면 칼 받침대는 공작새의 꼬리깃털 무늬로 벽을 장식했고 그것은 내게 야만적인 독일군들이 그렇게 좋아했던 랭스 성당, 그들이 힘으로 탈취할 수 없자 불을 질러버린 바로 그 랭스 성당의 스테인드글라스만큼 — 그것은 오로지 엘뤼의 뛰어난 스케치에서만 볼 수 있을 뿐이다 — 훌륭해 보였다. 아! 내가 「성당의 죽음」을 썼을 때는 성모 마리아상에 그토록 끔찍한 범죄를 저지를 것이라고 예상하지 못했다. 나는 예언가가 아니었다.*

블랑슈가 마네에 대해 했던 말들, 가령 마네가 겸손했고, 인간적이었고, 비난에 민감했다는 사실은 모두 그 자신에게 해당하는 말이기도 하다.(바로 이로 인해서 그를 단순한 '훌륭한 아마추어'의 부류에서 벗어나게 하는 데 시간

---

* 내가 해당 글을 쓰기 위해서 독일이 패전하기를 기다리지 않았다는 사실은 물론 잘 알 것이다. 그 글들은 전쟁이 끝나기 전에 집필되었다. 사형수가 끌려가는 길에서 그에게 "죽음을!"이라고 외치는 자들에게 나는 결코 호감을 느낄 수 없다. 나는 패자를 모욕하는 일에 익숙지 않다. —원주

이 오래 걸렸다.) 대체로 재능으로 연결되기도 하고 한편으로는 그가 알려지지 못하도록 방해하는 이와 같은 친근한 장점을 강조할 필요가 있다. 블랑슈가 이 책에서 다룬 위대한 예술가들에게 양상은 다를지라도 모두 적용되는 그러한 특성을 내가(비록 동일한 재능은 없지만) 잘 이해한다는 사실을 뒷받침하기 위해서, 나는 어린 시절 오퇴유에 대한 자유로운 회상 사이에서 당시 내 친구들과는 다른 특별한 환경, 혹은 소위 특권이라는 것을 내가 누리고 있었음을 자랑하는 것을 천성적으로든 교육에 의한 것으로든 매우 역겹게 생각했다는 사실을 말해둘 필요가 있을 듯하다. 얼마나 여러 번 나는 생라자르역에서 나와 마찬가지로 오퇴유로 돌아가는 학생들을 마주치면 얼굴을 붉히며 나의 수중에 있던 1등칸 표를 그들이 보지 못하도록 감춘 채 그들과 마찬가지로 3등칸에 올라 내 평생 다른 열차 칸은 한 번도 타보지 못한 것처럼 행동했던가. 같은 이유로 나는 물론 자주는 아니었지만 이미 사교계를 출입한다는 사실을 너무나 잘 감춰서 내가 '아무도 알지 못한다'는 사실에 그들이 나를 얼마나 가엾게 여겼으며, 하물며 그들이 '우아하다'고 여기는 사람들의 눈에 내가 띄기라도 하면 그들은 또 얼마나 당황했던가.

하루는 블랑슈 집에서 나와서 어느 친구의 집에 갔었는데 하필 그날은 그 친구가 손님을 초대한 날이었고 나는 그 사실을 알지 못했다. 초인종 소리에 초대한 손님이라고 생각한 그 친구가 손수 문을 열러 나왔다. 하지만 나를 보자마자 그는 초대 손님이 나와 마주치기라도 할까 봐 완전히 당황한 채 복싱하는 캥거루와도 같은, 혹은 희극 무대에서 바람 난 여인이 애인과 함께 있는 방에서 그 남편을 서둘러 멀어지게 하는 친구와도 같은 민첩함으로 나를 끌다시피 계단을 내려왔다. 그의 행동이 얼마나 신속했는지 마치 어뢰를 맞은 잠수함의 사령관이 가여운 선원들을 대피시키는 듯했다. "정말 미안하지만 자네가 여기 있는 것은 불가능하네. 이해하겠지만 뒤티엘 가족과 차를 마시기로 되어 있거든." 그때 나는 뒤티엘 가족이 누구인지, 그 일 이후에도 그들이 누구인지 알지 못했으며, 내가 그처럼 대단한 사람들과 같은 자리에 있음으로 해서 어떤 끔찍한 사고가 발생할 수 있을지 짐작할 수 없었다.

같은 날 저녁 나는 바그람 대공부인이 주최하는 무도회에 가야 했다. 외할아버지는 돌아가는 길에 나를 마차로 태워줄 생각을 하지 않으셨다. 하긴 할아버지는 오퇴유를 너무 일찍 출발했다. 할아버지는 매일 저녁 식사를 하러 오퇴유에 오시기는 했지만 잠은 언제나 파리로 돌아가서 주무셨다. 외할아버지는 당신의 여든다섯 평생 동안(그의 예는 팡탱라투르가 열정적이며 병적으로 집착한 부르주아의 정주성定住性을 그 어떤 설명보다도 쉽게 이해시킨다) 하루도 빠지지 않고 파리에서 주무셨다. 단 한 번의 예외는 1870년 파리가 프로이센군에 포위되어 할머니를 에탕프에 피신시키러 갔을 때였다. 이것이 당신의 긴 평생 동안 멀리 이동한 단 한 번의 예외였다. 밤에 파리로 돌아올 때 할아버지는 철로 고가다리 앞을 지나면서 달리는 기차를 보았는데, 미지의 곳을 찾아 떠나는 정신 나간 여행객들을 '자정'이나 '불로뉴'를 넘어 실어 나르는 열차 칸들은 그에게 강렬한 전율을 불러일으켰다. "여행하는 것을 좋아하는 사람들이 있다니!" 지나가는 기차를 보면서 할아버지는 놀라움과 연민과 공포가 섞인 감정으로 말했다.

젊은이가 쓸데없이 돈을 낭비하면 안 된다고 믿는 부모님은 내가 바그람 부인 댁의 무도회에 가족 소유의 마차를 타고 가는 것을 허락하지 않았다. 말들은 이미 저녁 7시부터 쉬고 있었는데 말이다. 그러기는커녕 삯마차 비용을 주는 것조차 거부했다. 아버지는 우리 집 앞에서 멈추고 대공부인의 저택이 위치한 알마 대로에서 내릴 수 있는 시내버스로도 충분하다고 선언했다. 또한 양복 재킷 장식용 꽃으로는 정원에서 꺾은 은박종이에 싸지도 않은 장미꽃으로 만족해야 했다.

공교롭게도 뒤티엘 가족을 초대한 친구 또한 내가 오른 버스에 타고 있었다. 그는 그날 오후 손님들이 너무나 중요한 사람들이어서 나를 상당히 거칠게 대했던 방식에 사과를 하면서 한편으로는 자신의 우아함에 도취되어 기쁨을 주체 못 한 채 말했다. "그러니까 자네는 도통 아무도 알지도, 만나지도 않는단 말이지. 그것참 재미난 일일세." 그 순간 내 재킷의 목깃이 움직이면서 내가 매고 있던 흰 넥타이가 드러났다. "그런데 자네는 모임에는 전혀 가지 않는다면서 대체 왜 정장 차림인 거지?" 나는 가능한 모든 구실을 다 동원한 후에 마침내 어쩔 수 없이 무도회에 가는 길이라고 고백했다. "아! 그러니까 자네도 결국은 무도회에 간다는 말이지. 대단한걸." 친구는 표정이 굳어진 채 말했다. "그 무도회라는 것이 대체 누가 주최하는 것인지 알 수 있을까?" 나는 점점 더 안절부절못한 채, 새 옷을 입었으되 최대한 그것을 눈에 띄게 하지 않으려는 이의 심정으로, '대공 부인'이라는 단어가 함축하는 광채를 가리기 위해 그저 '바그람 무도회'라고만 답했다.

나는 카페의 웨이터들과 하인들이 다니는 바그람 홀에서 무도회가 열리며 그것이 바그람 무도회라고 불린다는 사실을 몰랐다. "아! 결국 그런 것이었군." 그는 예의 유쾌함을 되찾은 채 덧붙였다. "친구, 하인들이 가는 파티에 갈 정도로 인맥이 없으면서 마치 무도회에 초대받은 것처럼 행동할 수는 없는 법이네. 그것도 돈 내고 가는 파티라니!"

　그 당시 자크 블랑슈가 그린 초상화들을 열거하는 것만으로도(내 초상화를 제외하고) 그가 문학작품을 볼 때도 주의를 기울이고, 끌렸던 것은 미래였음을 알 수 있다. 이러한 점은 또한 이 책이 지닌 뛰어난 가치와 독특한 매력에 대한 첫 번째 설명이기도 하다. 가령 뱅자맹 콩스탕처럼, 실제로 당대의 위대한 화가들은 그때는 유명했지만 사실 뛰어나다 할 수 없고 오늘날에는 그들의 그림만큼이나 완전히 잊힌 문인들의 초상만을 제작했지만, 자크 블랑슈는 자신의 친구들을 그렸다. 그리고 그 친구들의 재능을 알아보는 유일하거나 거의 유일한 사람이었다. 주변 사람들은 블랑슈가 그저 '튀어보려고' 그랬다거나, 아니면 뛰어난 재능의 소유자를 알아본 후 '이해받지 못한 자들의 집단'에 속한 이들을 자극함으로써 악마적인 만족감을 느끼기 때문이라고 폄훼하기도 한다. 하지만 단순한 진실은 미래를 알아보는 다른 많은 이들처럼 그가 작품의 가치를 가늠하는 데 필요한 적당한 시간적 원근감의 소유자라는 사실이다.

실제로 '오퇴유에서의 청년기'를 보낸 후 20여 년이 지난 현재가 증명하는 것은 그때와 같은 살롱의 여주인들이 블랑슈가 그 당시에 초상을 남긴 친구들, 가령 모리스 바레스, 앙리 드 레니에, 앙드레 지드 등을 이제는 자기 바로 옆자리에 앉히고 싶어 한다는 것이다. 모리스 드니와 마찬가지로 자크 블랑슈는 앙드레 지드에게 합당한 존경과 감히 덧붙이며 애정을 표현했다. 또한 블랑슈의 정물화에 대해서는 그 시절 살롱들에서 이렇게 이야기하는 게 재미난 농담처럼 통용되었다. "오늘은 그의 정물화가 빛을 좀 받도록 해야겠어요. 모임에 사람 수를 맞추려고 그를 불렀거든요. 내일은 다시 그림을 보이지 않는 곳에 치워둬야겠지만요." 오늘날 그의 같은 그림들은 바로 같은 살롱에서 상석에 모셔지고 여주인은 섬세한 어조로 설명한다. "제가 말했었지요? 정말 흔치 않은 아름다움이 있어요. 고전에 가까운 느낌이랄까. 전 항상 이 그림을 좋아했어요. 제 취향을 고수하기 위해 전투적으로 이걸 옹호해야 했던 때에도 그랬었지요." 자크 블랑슈의 그림이 이제 대세가 되었고 그들이 그의 그림을 좋아하지도 않으면서 좋아한다고 말하는 것은 스스로를 부정하는 행위라 단정 짓는 것은 사실 부당할 뿐 아니라 지나치게 쉬운 접근이다. 더욱 사실임 직한 것은 그들이 실제로 블랑슈의 그림을 좋아하게 됐다는 사실이다. 왜냐하면 어떤 예술 작품이 대세가 됐다는 사실은 일정 기간을 지나 시각과 취향에 진화가 발생했으며 같은 여인들이 마침내 그 작품을 좋아하게 됐다는 것을 의미하기 때문이다.

일요일, 자크 블랑슈는 휴식을 취하며 친구들의 방문을 받고, 후에 글로 묶여 이 책에 실리게 될 내용들에 대해 이야기하곤 했다. 그리고 내게 이 책의 서문을 쓰는 영광을 허락한 것이다. 과거 그의 이러한 '일요 한담'에 대해 그것을 잡지나 다른 신문에서 읽었던 친구들에게 나는 언제나 그것이 회화의 '월요 한담'*에 해당한다고 누차 강조하곤 했다. 이렇게 이름 붙이는 것 자체가 찬사를 내포한다는 사실을 모르지 않는다. 그러나 또한

---

*『월요 한담』은 프랑스의 문예평론가 생트뵈브가 신문 등에 매주 월요일마다 발표한 기사를 묶어 1951년에서 1962년에 이르기까지 전 15권으로 출간한 평론집이다. 생트뵈브는 다양한 예술가뿐 아니라 정치인, 학자 등 당대 프랑스의 유명인들을 비평의 대상으로 삼아 좌담하듯 풀어나간다.

독서

내가 블랑슈를 어느 정도 부당하게 대우한 것 또한 사실이다. 자크 블랑슈의 오류는 생트뵈브와 마찬가지로 예술가가 스스로를 실현하기 위해서 나아가는 방향과 반대로 간 것이다. 그것은 진정한 팡탱이나 진정한 마네, 그들 작품 속에서만 발견되는 진정한 모습을 유한한 인간에 기대어 설명한 데 기인한다. 이 인간들은 동시대인들과 마찬가지로 단점으로 가득하며 독창적인 영혼을 가두어두는 육신에 불과한데, 영혼은 작품을 통해 발버둥 치며 어떻게든 그것으로부터 벗어나려 한다. 우리가 작품을 통해서만 알던 예술가를 모임 등에서 마주쳤을 때 경악하게 되는 것과 같다. 우리는 거대한 작품 세계를 그것과는 완전히 다른 살아 있는 작은 몸뚱이(때로 우리는 작가에 대해, 작품과 잘 어울리고 그에 상응하는 육신을 상상해보지 않았던가)에 어떻게든 집어넣으려 하고, 대체하려 하고, 일치시키려 한다. 원 안에 복잡한 다각형을 그려 넣거나 고난도의 암호를 푸는 문제는 모임에서 식사를 할 때 내 옆에 앉은 신사가 『나의 형제 이브』나 『꿀벌의 생애』를 쓴 작가라는 사실을 알아맞히는 일에 비교하면 아이들 장난 같은 일이다. 그런데 자크 블랑슈가 우리에게 보여주려고 하는 것이(적어도 부분적으로) 바로 그런 사람, 즉 예술가를 묶어두는 사슬을 담당하는 자다. 그것은 생트뵈브도 마찬가지였다. 그 결과 19세기 문학에 무지한 사람이『월요 한담』을 통해 당시 문학을 알고자 한다면 프랑스에 로아에콜라르, 몰레 백작, 토크빌, 조르주 상드, 베랑제, 메리메 등 위대한 작가들이 많았음을 발견하게 될 것이다. 생트뵈브가 지적이며 나름대로의 한시적인 매력을 지닌 많은 사람들을 개인적으로 알고 있었던 것은 사실이나 그들을 위대한 작가로 탈바꿈시킨 일은 정신 나간 짓이다.

벨을 예로 들어보자. 그는 왜인지는 모르겠으나 굳이 스탕달이라는 필명으로 활동했는데 예리함이 없다고 할 수 없는 풍자시를 발표하곤 했다. 그렇지만 그를 소설가로 인정하는 것은 완전히 다른 문제다. 단편소설은 차치하고라도『적과 흑』을 비롯해 그의 장편들은 소설가로서 재능이 없는 작가에 의해 쓰인 도저히 읽을 수 없는 작품들이다. 그의 장편들에 대해 마치 명작인 것처럼 벨에게 진지하게 이야기한다면 그 자신이 누구보다도 놀랄 것이다. 더하여 자크몽, 메리메, 다뤼 백작 등 생트뵈브가 확실한 판단력의 소유자라 믿는 작가들이자 그에게 '상냥한 벨'을 만날 수 있도록 만남의 장소를 제공하기도 했으며 그 당시 벨에게 향했던 우스꽝스럽기조차 한 숭배를 비웃었던 그들 또한 놀랄 것이다. 생트뵈브는 "『파르마의 수도원』은 소설이라고도 할 수 없다"라고 말했다. 우리는 생트뵈브의 말을 믿을 수밖에 없다. 작가와 여러 차례 식사를 한 그는 우리보다 유리한 입장에 있다. 유쾌한 대화 상대이기도 했던 벨은 만약 당신이 그를 위대한 작가라고 추켜세운다면 당장 당신 면전에 대놓고 비웃을 것이다. 또 다른 기분 좋게 만드는 청년인 보들레르에 대해서라면 그는 우리가 생각했던 것보다 훨씬 더 예절이 바른 청년이었다. 재능이 없지도 않았다. 그렇다 해도 아카데미 프랑세즈에 후보 신청서를 낸 것은 질 나쁜 농담 같았다. 생트뵈브를 곤란하게 한 것은 이렇듯 그가 훌륭한 작가라고 생각하지 않는 자들과 친분이 있다는 사실이다. 플로베르는 엄청나게 친절한 청년이기는 하지만 『감정 교육』은 도저히 읽어줄 수 없는 수준이다. 『보바리 부인』에 존재하는 '매우 섬세한' 부분들을 부정할 수는 없다. 사람들이 뭐라고 하건 페도보다 뛰어난 작가임은 사실이다.*

* 프루스트는 이 문단에서 생트뵈브의 『월요 한담』을 패러디하며 문예평론가로서 생트뵈브의 판단력을 비평한다. 프루스트가 가장 위대한 작품을 남긴 작가들로 여기는 스탕달, 보들레르, 플로베르를 생트뵈브는 작품자체보다는 그것을 쓴 개인의 성품이나 매너에 근거하여 판단하는 것을 패러디하는 것이다. 페도는 오늘날 완전히 잊힌 19세기의 작가인데 생트뵈브는 플로베르를 페도와 비교하여 그보다 조금 더 나은 정도라고 이야기한다.

이 책에서 자크 블랑슈는 이런 식의 관점을 자주(물론 항상은 아니고) 취하고 있다. 마네의 추종자들에게 그 같은 혁신적인 화가를 '명예와 훈장을 노리는 자'라고 표현하거나, 나와 깊은 우정을 나누고 있기도 한 화가 마들렌 르메르에게 마네가 자신은 샤플랭과 견줄 수 있다고 말했다거나, 혹은 마네가 오로지 살롱에 출품하기 위해서만 작업을 했고 모네, 르누아르, 드가 쪽이 아닌 알프레드 롤 쪽을 바라보았다고 평가한다면 그들은 얼마나 놀라겠는가? 다양한 상황을 감안하더라도(결국 화가에 의한 화가의 평가는 매우 흥미로운 것이기에) 이런 관점은 결국 어느 여인이 이렇게 말하는 것과 별반 다르지 않다. "저는 여러분에게 자크 블랑슈에 대해 많은 것을 이야기해드릴 수 있답니다. 매주 화요일마다 그를 저녁 식사에 초대했거든요. 그때는 아무도 그를 화가로서 진지하게 받아들이지 않았어요. 그 자신도 유일한 관심사는 오로지 사교계의 유명 인사가 되는 것뿐이었지요."

자크 블랑슈의 특정 면모는 그럴 수도 있으나 그것이 본질은 아니다. 이렇듯 생트뵈브가 지나치게 자주, 그리고 자크 블랑슈가 간혹 취하는 입장은 예술에 관한 진정한 입장이 아니다. 그것은 역사적인 관점이다. 이 차이가 중요하다. 이러한 관점을 생트뵈브는 지속적으로 취했고, 이로 인해 그는 보아뉴 부인이나 브로글리 공작부인이 했을 법한 순서로 동시대 작가들의 서열을 매기게 되었다. 반면 자크 블랑슈는 이러한 입장을 단편적으로 취했는데, 자기 말의 묘미를 살리고 장면에 생동감을 부여하는 방편으로 그러기를 즐겼다. 하지만 그가 좋아했던 화가들은, 작가들과 마찬가지로 미래에 그 가치를 인정받게 될 예술가들이었다. 그는 미래를 예견하는 듯했고 그의 판단이 옳았음이 밝혀지게 된다.

더하여 이 책은 블랑슈 자신이 화가였기에 화가들의 작업 방식을 직접 보고 그들의 팔레트가 어떠했으며 그들의 작품이 어떤 변모 과정을 거쳐 완성되었는지를 증명할 수 있는 이(라파엘로 모르겐이 다빈치의 〈최후의 만찬〉이 훼손되기 전에 그 감동적인 그림에 비견되는 모사화들을 남긴 것처럼), 화가이면서 동시에 작가인 이에 의해 집필되어 그 이중적인 특성 때문에 더욱 독보적이다. 또 다른 외젠 프로망탱이라고 할 수도 있겠다. 화가로서 프로망탱에 대해서는 말할 필요도 없겠고, 『과거의 대가들』을 집필한 작가로서 그는 조르주 상드 식의 우아함을 표방하고 있지만, 『옛날 그리고 오늘날의 대가들』의 작가인 자크 블랑슈보다는 뛰어나지 못했다고 인정해야 한다. 독자들에게 가장 흥미로운 부분은 블랑슈가 '회화의 전문가'라는 측면에서 프로망탱을 월등히 앞선다는 점이다. 『과거의 대가들』은 네덜란드 화가들을 다루고 있지만 해당 화가들이 사망한 후 수백 년이 지나서 집필되었음에도 정작 그중 가장 위대한 베르메르는 언급조차 하지 않는다. 반면 자크 블랑슈는 콕토가 다양한 글을 통해 피카소를 칭송했던 것과 마찬가지로 위대한 피카소에게 합당한 찬사를 보낸다. 피카소 또한 콕토의 주된 특성을 고결함으로 가득한 하나의 엄중한 이미지로 표현한 초상을 남기기도 했는데, 피카소의 그런 그림 앞에서는 베네치아를 매력적으로 표현한 카르파초의 회화들조차 내 기억 속에서 퇴색하는 느낌이다.

휘슬러, 리카르, 팡탱, 마네가 팔레트를 준비하는 방식에 대한 묘사라니! 이는 오로지 그만이 쓸 수 있는 글이다. 또한 많은 회화의 소재가 된 사물들, 가령 '라튀유 씨' 집에서 연인들이 앉아 있던 식탁, '나나의 발치에 있던 거울', '팡탱이 그린 그 수많은 꽃들과 과일들이 그들의 짧은 삶을 맡기던 떡갈나무 가구', '휘슬러의 모델이 그 앞에서 포즈를 취하곤 하던 검을 벨벳 커튼'을 불멸의 작품에서 꺼내 소멸하기 마련인 원래의 존재로 한순간 돌아오게 만든다. 그러면 우리는 마치 플로베르가 보바리 부인을 묘사했을 때 모델로 삼은 여인이나 스탕달의 산세브리나의 모델과 친분을 맺는 듯한 느낌을 받는다. 우리는 변치 않는 아름다운 명화 속에서 각자에게 부여된 영원함의 형태를 띠고 있던 화가의 작업실 속 사물들을 하나하나 알게 된다. 이렇듯 블랑슈가 독자에게 체험하게 하는 과거로의 귀환은 매우 흥미로울 뿐 아니라 교육적이기도 하다. 이런 방식은 위대한 화가들이 실제로 가지고 있던 특성들과는 완전히 반대되는 것에 찬사를 보내게 만든 방법이 얼마나 말도 안 되는 것인지를 증명한다. 블랑슈가 표현한 마네와, 졸라가 표현한 '자연을 향해 열린 창문'으로서의 비현실적인 마네를 한번 비교해보길. 이 모든 놀라운 업적에도 불구하고 역사에 초점을 두는 방식으로 인해 블랑슈는 그가 살던 시대와 실제 모델에 지나치게 중요성을 부과했다는 점에서 나를 불편하게 한다. 아름다움이 우리 외부에 존재하며, 따라서 우리는 그것을 창조하지 않아도 된다는 믿음이 오히려 안락하게 느껴질 수 있다. 이런 이론적인 문제를 여기서 논할 생각은 없다. 하지만 시대의 유행 때문에 팡탱이 우아한 초상화를 쉽게 제작할 수 있었고, 마네 시대의 파리가 오늘날의 파리보다 그림으로 표현하기 더 적절했으며, 휘슬러 시대의 런던이 요정이 나타날 것만 같은 도시였다고 믿을 만큼 나 자신이 물질주의자는 아니다.

블랑슈가 묘사한 화가들의 초상을 보노라면 사람들이 왜 그에게 지나쳤다는 비난을 했는지 때때로 발견할 수 있다. 가령 팡탱을 소개한 초상은 읽는 이의 웃음을 자아낸다. 하지만 이렇듯 진실과 독창성과 삶으로 가득한 초상이 미술에 대해서는 아무것도 모르는 미술평론가들이 쏟아내는 하나같이 똑같은 찬사로 가득한 글보다 오히려 사라진 위대한 거장을 효과적으로 예찬하지 않는가? 과연 그런 평론가들이 팡탱과 마네의 화실에 대해 세세한 부분까지 묘사한 자크 블랑슈보다 화가들의 명성에 어떤 새로운 삶을 부여했는지 의문이다. 아래 예에서 볼 수 있듯이 블랑슈의 초상을 일반적인 의미에서 '상냥하다'고 말할 수는 없다.

팡탱은 아파트의 실내를 꾸미거나 의자 따위를 선택하는 문제 앞에서는 가여울 정도로 서툴렀다. 이 세심한 현실주의자는 모델 뒤편에 회색 천 조각 하나를 옷핀으로 고정하거나 거실에 나무 벽면 같은 효과를 내기 위해 짙은 갈색 종이로 만든 병풍을 세워두기도 했다. 팡탱의 화실은 과거 사진가들의 암실만큼이나 조명이 어두웠다. 천성적으로 게으르고 외출하는 것 자체를 귀찮아했기에, 결과적으로 그는 더욱더 집에만 있게 되었다. 특히 화실 천장에 난 커다란 유리창으로 들어오는 강렬한 빛은 내부와 그 안에 있는 모든 사람들을 혼돈스러운 빛으로 감싸 그를 더욱 괴롭혔다. 그가 그린 뒤부르 가족은 마치 사진작가 나다르가 주일 미사를 마치자마자 관절 경직을 일으킬 것만 같은 정복 차림으로 자신의 작업실에 바로 와서 포즈를 취하게 만든 모델처럼 보인다.

요즘은 여자 기숙학교에서만 행해질 법한 '역할극'처럼, 가령 고대 로마의 희극 작가인 플라우투스가 현 시대 극작가의 작품을 보고 이승에서 자신의 생각을 전하는 편지를 보내는 역할 놀이처럼, 우리는 팡탱이 블랑슈에게 보내는 감사의 편지를 상상해볼 수 있겠다. 그가 감사하는 이유는 블랑슈가 팡탱에 대해서 쓴 글을 읽는 독자의 입가에 미소를 짓게 만들었기 때문이다. 그 미소는 전등갓처럼 보이는 우스꽝스러운 챙 모자에 잠옷 차림을 한 샤르댕의 자화상 앞에 선 관람객이 짓는 존경의 미소와 같다. 이때 팡탱의 편지를 상상해서 쓰는 학생은 팡탱이 블랑슈에게 감사를 전할 때 블랑슈가 죽은 자들에게 가장 소중한 것, 즉 삶을 되돌려주었

기 때문이라는 사실을 특히 강조해야 할 것이다. 블랑
슈 본인도 그런 말을 한 적이 있다.

평론가나 지인에 의한 평가는 내 생각에 적절한 것
이 거의 없고, 좋은 쪽으로든 반대든 대부분 과장된
경우가 많다. 내게 있어 가치 판단을 내리는 것은 선
택의 문제가 아닌 의무다. 그 사람에게 내가 얼마
나 큰 호감이나 애정을 가지고 있건, 그것이 내가 가
치 판단을 하는 데 개입한 적이 없다. 자신이 생각하
는 바를 말할 수 있어야만 한다. 이것이 바로 오늘날
과 같은 혼란과 논쟁으로 가득한 시대에 정직함에
대해 내가 가지고 있는 신념이다. 사람들은 오직 하
나의 감정 표현만을 강요한다. 열정적인 존경이라
는…… 그러나 미의 이상에 대한 기준이 높다면 동
시대 사람들에게 존경을 느끼기는 쉽지 않다. 이런
말로 나의 인생의 길에서 마주친 몇몇 이들을 놀라
게 하거나 언짢게 했다면 미안할 따름이다. 하지만
나는 이들보다는 좀 더 현명한 이들에게 기대고자
한다. 왜냐하면 내가 뜻하는 바를 진정으로 이해하
고 나를 원망하지 않는 자들이 실로 있기 때문이다.

반면 찬사를 보내야 할 때 그는 진정으로 어떻게 하는지 알고 있었다. 이 책에서(이 책은 앞으로 여러 권으로 구성될 총서의 첫 번째 권에 불과하다) 내가 존경하고 진정으로 좋아하는 한 예술가, 호세 마리아 세르트를 향한 열렬한 존경의 표현을 읽을 수 있는 것은 큰 즐거움이다. 세르트를 미켈란젤로와 틴토레토에 비교하는 묘사에는 이 스페인 화가에 대한 블랑슈의 진정성과 기쁨이 담겨 있다. 내가 세르트와 다른 시대에 살아서, 혹은 동시대에 살면서도 그를 알지 못했을 수 있었으나 신기하게도 나는 그를 잘 안다. 그는 내가 그를 얼마나 존경하는지 알고 있으며, 그 또한 나에 대한 좋은 감정을 숨기지 않는다. 그러나 엄중 호위 속에서 고향을 강제로 등지고 떠나 적의 궁전이나 성에 갇혀 살게 될 운명을 띤 여인들, 혹은 그저 오케아니데스처럼 바다 위를 떠돌게 될 아름다운 여인들이 그 긴 여정의 출발점에 있을 때 얄궂게도 바위에 묶여 있는 나는 그 여인들을 볼 수가 없다. 이렇듯 인생에는 시간과 공간 외에도 양립 불가한 다른 요소들이 공존한다. 짓궂은 운명은 예상할 수 없던 양상으로 개입하기 마련이다.

　　블랑슈만이 주조할 수 있는 세심하고 독창적인 진실들로 가득한 이 책에서 그는 우리가 공감할 수 없는 판단은 결코 내리지 않는다고 말해야만 할까? 그렇다면 그것은 거짓일 테다. 물론 저명한 정신의학자인 그의 아버지가 이 세상에 다시 돌아와 그의 어린 '자크'에 대해 사람들이 그가 살았던 당시 유명한 아카데미 화가들보다도 더 뛰어나다고 이야기하는 것을 듣는다면 즐겁게 놀랄 것이다. 그 또한 모든 부모들처럼, 아무리 현명한 부모들이라 하더라도 마네 부인이 그녀의 아들에 대해 "제 아들은 틴토레토의 〈토끼를 안고 있는 성모 마리아〉를 그대로 모사했었답니다. 정말 완전히 똑같이 그렸다니까요. 한번 집에 와서 직접 확인해보세요. 지금 방식과는 다르게 그릴 줄 아는 아이인데 어쩌겠어요. 저 하고 싶은 대로 해야지요. 주변 영향을 받아서 그렇다니까요"라고 말했던 것과 같은 식으로 말했을 것이다. 그러나 블랑슈의 아버지가 더 놀랄 일은 아들이 그와 얼마나 유사하고 그의 특성을 계승하고 있는지를 발견하게 될 때다. 우리가 부모에게 반항하고 그들을 거부하면서 스스로를 확립시키는 과정을 거친 후, 우리는 결국 그들과 얼마나 동일하고 닮았는지를 발견한다. 철부지 조카에게 조언을 하는 큰아버지는 젊은 시절 조카와 동일한 실수를 동일한 방식으로 저질렀음에도 "그때는 같지가 않았다"라고 확언한다. 마찬가지로 들라크루아를 지지했던 바로 그자들이 마네와 그의 인상파 동료들을 비난하고, 이어서 입체파 화가들을 비난하면서 "그때는 같지가 않았다"라고 주장한다. 이 책에서 가장 감동적인 두 편의 글은 루아르 컬렉션의 판매와 세잔과 관련된 일화다. 그 글들을 읽으며 나는 현재의 블랑슈가 1891년의 블랑슈와 얼마나 다른지를 알게 되었다. 전통주의에 대한 커다란 애착 때문에 그는 루아르 씨가 수집한 작품들에 대해 호감, 아니 애정을 숨기지 못한다.

제2제정 양식으로 장식된 그 아파트는 오늘날 그토록 중요시하는 현대적인 기호에는 아랑곳하지 않는 듯하다. 어느 날 나는 프리츠 톨로브와 함께 그곳을 방문한 적이 있다. 그는 스스로를 아방가르드 취향의 최전선에 자리 잡고 있다고 자부하는 사람이었다. 뮌헨, 베를린, 코펜하겐 등을 오가며 실내장식에 대한 독보적인 감각을 키웠다고 믿는 그는 자신의 역량을 1912년 가을 살롱전에서 다소 가여울 정도로 지나치게 드러낸 바 있다. 그는 회화에 대해서는 그런 살롱전에 출품한 작품들만을 통해 알고 있을 뿐이었다. 따라서 단순하고 형식적인 인사치레를 넘어 다소 진지한 대화를 나누려는 순간, 우리의 관계는 삐걱거릴 수밖에 없었다. "블랑슈 씨, 설마 진짜로 이런 집에서 살고 싶은 건 아니겠지요? 루아르 씨의 취향이 뛰어나다니요? 대체 이 가구들은, 이 그림들은 다 뭐랍니까! 완전히 치과 대기실 같군요. 벽지는 자두색이고 커튼은 초콜릿색이고 전등갓은 금색이에요. 블랑슈 씨, 솔직히 이곳은 모든 것이 시골스럽고 루이 필립의 왕정 시대에서 튀어나온 것 같습니다." 드가가 그린 〈사비나 여인들의 납치〉 모사화나 들라크루아의 〈시인〉이 걸려 있는 것을 본 순간 프리츠 톨로브의 힐책은 더 커졌다. "이런 게 회화라면 차라리 저는 목을 매달겠습니다. 온통 자두색투성이라니요!"

이 부분에서 독자는 블랑슈가 이런 그림을 인상파 화가들이 '분필로 그린 듯한' 작품들보다 선호한다는 사실을 느낄 수 있다. 마네의 그림에 대해서 블랑슈가 애착을 갖는 부분은 그가 이미 한물간 화가로 여기는 모네와의 유사성이 아니라―회화에 대한 지식이 짧지만 순전히 내 개인적 취향에 의존하자면 그와는 완전히 반대라고 믿는다. 실제로 나는 가스통 갈리마르의 집에서 모네의 그림을 한 점 보았는데 그것은 마네가 그린 가장 훌륭한 작품들과 닮아 있었다 ─ 고야와의 유사성이다. 그에 의하면 '알프레드 드 뮈세가 셰익스피어에 의해 다시 태어난 것처럼' 마네는 고야에 의해 다시 태어났다. 블랑슈는 문학평론가들의 이론을 그들의 미적 취향만큼 경멸한다.

샤를 모리스 씨는 나의 화가 동료들에게 팡탱라투르가 회화에 어떤 면에서 기여했는지, 무덤 저 너머에서 어떤 선물을 보냈는지에 대해 답변을 요하는 설문을 실시한 적이 있다. 이런 종류의 질문은 상당히 곤혹스럽다. 화가가 어떤 방식으로 생각하고 작품에 임하는지를 이해하지 못하는 문학평론가다운 질문이라고 할 수밖에 없다. 회화에 있어서 새로운 것, 독창적인 것은 종종 그저 두 색조 사이의 관계, 나란히 병치한 두 터치, 혹은 팔레트에 물감을 푸는 특정한 방식이나 화판에 칠하는 방식에서 비롯된다. 기술에 섬세하지 않은 자라면 회화에 소질이 있을 수 없으며, 그와 같이 느슨한 지성의 소유자는 진정한 화가를 알아볼 능력도 없다.

"회화는 그것이 전쟁터의 말 한 필, 혹은 어느 누드

여인, 혹은 어떤 에피소드를 표현하고 있기 전에 본질적으로는 특정한 순서의 배열에 따른 색들로 덮인 평면이라는 사실을 상기할 필요가 있다"라는 모리스 드니의 확언에 블랑슈는 완전히 동의할 것이다.(반면 나는 모리스 드니가 뷔야르와 마찬가지로 완전히 정당하다고 할 수는 없다고 덧붙이고 싶다.) 만약 반대로 블랑슈가 위의 단정에 동의하지 않는다면 그것은 순전히 그의 지나친 프랑스적 전통주의 때문이리라. 이를 증명하기 위해 나는 그가 우리나라의 위대한 고전 화가들을 기리기 위해 직접 쓴 아름다운 글 중에서 다음 몇 줄을 인용한다.

드니 씨가 그의 미술론을 펼칠 때 감성에 미미한 부분만을 할애한 사실에 대해 우리는 비난할 권리가 있다. 감성이야말로 지성이 갖는 요소들 중에서 가장 소중한 것이자 들라크루아, 밀레, 코로 등 19세기 회화의 거장들이 우리에게 큰 감동을 주는 이유다. 신인상파 화가들이 극렬히 반대하는 사실주의와 자연의 모방은 인간의 감정과 감수성을 뒤로한 채 오로지 이성만이 지배하는 회화의 세계로 이어질 수 있다. 이러한 회화는 페르시아나 중국의 표면적이고 장식적인 예술과 별반 다르지 않다. 그것은 우리

독서

진정한 예술가들이 생각하는 회화의 종말이 될 것이다. 프리츠 톨로브는 지금 내가 이 글을 쓰고 있는 책상에 강렬한 햇살이 비추던 8월의 새파란 하늘 아래에서 코로의 작품을 통렬히 비난했다. …… 당시 하늘은 프라 안젤리코의 작품에 표현된 눈부시고 투명한 하늘 같은, 마치 터키석과도 같은 진귀한 재질로 빚은 듯했다. 이와 같이 눈부시게 푸른 하늘 아래서 무언가 특별한 빛은 평범하고 허름한 집의 합각머리와 지붕을 다양한 보석들로 장식된 함으로 변형시키기도 한다. 몇몇 인물들은 앉아 있거나 오후의 투명한 긴 그림자가 드리워진 시골 광장을 산책한다. 나는 소위 회화에 대해 조금 안다고 자부하는 자들의 경우, 그들이 나의 코로를 어떻게 생각하는지에 따라 판단한다. 오로지 특정 네덜란드 화가들과 루아르 형제가 살던 시대의 프랑스인들만이 이와 같은 현을 진동하게 만들 수 있었다. 그 음악은 청명하고 멜로디로 가득한 매우 프랑스적인 음악이지만 너무나 섬세하고 진귀해서 제대로 알아들을 수 있는 사람이 많지 않다. 이와 같은 '실내악곡'은 루아르의 집에서는 제대로 연주될 수 있었다.

위와 같은 묘사를 볼 때―여기서는 내가 일부만 발췌했으나 독자는 이 책에서 전체를 즐길 수 있을 것이다―우리는 그를 화가로서 존경했던 것만큼이나 작가로서도 존경하게 될 뿐 아니라 그에 대한 애정이 더욱 커진다. 마지막으로 밀레에 대한 그의 글을 인용하며 이 서문을 마치고자 한다.

서부에 살며 평온한 들판의 삶을 영위하는 프랑스인들에게 하루의 어느 순간도, 어느 계절도, 노르망디 농부의 어떤 몸짓이나 표정 하나도, 나무 한 그루, 담쟁이 하나, 농기구 한 대도 장 프랑수아 밀레에 의해 경건함과 거룩함의 기운을 받지 않은 것은 없다. 거친 땅 위와 위협적인 하늘 아래에서, 서늘한 새벽과 정오의 뜨거운 태양과 어스름한 석양이 동반하는 불안함 속에서 고된 노동에 시달리는 농부의 근심에 우리가 연민의 감정으로 흔들리는 것을 느낄 수 있는 한 어떻게 밀레의 작품을, 자연 그대로인 그의 삶만큼이나 감동적인 그의 작품을 거부할 수 있단 말인가!

———

1919년

플로베르의 문체에 관하여

나는 방금 전(따라서 이 주제에 대해 깊이 있게 준비할 시간적 여유가 없었음을 밝힌다) 《누벨 르뷔 프랑세즈》의 한 저명한 평론가가 쓴 「플로베르의 문체」라는 글을 읽었다.* 정과거, 부정과거, 현재분사, 그리고 특정 대명사와 전치사의 완전히 새롭고 주관적인 사용으로 칸트가 그의 '카테고리'를 통해 인간의 지식체계와 물질세계의 실재를 새롭게 했던 것과 비견될 만큼 세상을 바라보는 우리의 시각을 완전히 변화시킨 작가에 대해 문학 하기에는 재능이 없다고 비판한 글에 놀라움을 금치 못했다고** 말할 수밖에 없다.** 그렇다고 내가 플로베르의 소설이

* 이 글은 그 전해 같은 문예지의 11월 호에 알베르 티보데가 「플로베르의 문제에 대한 문학적 질문」이라는 글에서 플로베르의 문체를 혹평한 데 대한 답변이다.

** 데카르트가 결국은 합리적 원칙에 불과한 그의 '상식'을 통해 변화를 시작했다는 사실을 알고는 있다. 우리는 모두 학교에서 그렇게 배웠다. 모든 것을 알고 있고, 한번 배우면 절대로 잊어버리지 않는 라이나흐 씨가,

나 그의 문체를 유난히 좋아한다는 의미는 아니다. 여기에서 전개하기에는 너무 길어질 것이 우려되기에 나는 그저 간단하게 은유만이 문체에 일종의 영원성을 부여한다고 말하고 싶다. 그런데 플로베르의 작품 전체에서 아름다운 은유는 어쩌면 단 한 번만 등장한다. 더 나아가 플로베르의 이미지들은 대개 너무나 미약해서 그가 만들어낸 가장 무의미한 인물들보다 나을 게 없다. 물론 아르누 부인과 프레데리크가 다음의 훌륭한 장면에서 대화를 나눌 때, "때로 당신의 목소리는 멀리서 전해오는 메아리이자 바람에 실려 오는 종소리와 같습니다" 혹은 "저는 제 안에 언제나 당신의 목소리를 음악처럼, 당신의 눈빛을 태양처럼 간직하고 있었습니다"라고 할 때 이는 둘 사이에 나누기에는 '지나치게 멋진' 대화라는 느낌을 준다. 그런데 같은 상황에서 소설 속 인

또 바로 그런 점에서 프랑스 망명 귀족과는 차별되는 그가 데카르트가 '상식'은 인류에게 가장 널리 퍼진 장점이라고 한 것에 대해 어떻게 그저 '감미로운 모순'을 저질렀을 뿐이라고 말할 수 있단 말인가? 만약 그렇다면 그것은 데카르트 식으로 가장 어리석은 사람일지라도 명증의 규칙을 활용한다는 것을 뜻한다. 하긴 17세기 프랑스에서는 간단한 방법으로 심오한 것을 표현하기도 했다. 내가 소설을 쓸 때 그 당시 방식을 적용하기라도 하면 철학자들은 내가 '지식'이라는 단어를 요즘의 일반적인 의미로 사용한다고 비난한다. —원주

물들이 아니라 플로베르가 말했어도 똑같은 방식으로 말했을 것이다. 그 자신이 판단하기에 멋지다고 생각되는 방식으로 표현하기 위해 그는 자신의 작품 속에서 쥘리앵이 머물던 성을 지배하던 침묵을 묘사하기 위해, "스카프가 나부끼는 소리와 한숨이 메아리가 되어 되돌아오는 소리까지 들렸다"라고 한다. 또한 마지막에 강을 건너도록 생쥘리앵이 도움을 주었던 이가 그리스도임이 밝혀지는 그 결정적인 순간, 작가는 다음과 같이 표현하는 데 그친다. "그의 눈은 별빛처럼 빛났고, 머리카락은 태양의 광선처럼 길어졌으며, 코에서 뿜어져 나오는 바람은 장미향을 띠었다." 여기에 특별히 나쁜 부분은 없고, 발자크나 르낭의 작품에서처럼 억지스럽거나 과장되고 우스꽝스러운 부분도 없다. 다만 문제는 플로베르가 돕지 않더라도 평범하기 그지없는 프레데리크조차 혼자 그렇게 말할 수는 있었을 것이라는 사실이다.

하긴 은유가 문체의 전부는 아니다. 무한으로 반복되고, 단조롭고, 적막하고 끝없이 이어지는 플로베르의 글이라는 에스컬레이터에 올랐던 사람이라면 이런 것이 지금까지의 문학사에서 존재했던 적이 결코 없었다는 사실을 깨닫지 못하는 것은 불가능하다. 단순한 오류는 차치하고라도 문법적으로 틀린 부분마저도 내버려두자. 문법적 완벽함은 유용하기는 하나 부정적이다.(똑똑한 학생이라면 플로베르의 원고를 읽으며 틀린 부분을 여럿 지적할 수 있을 것이다.) 어찌했든 문법적 완벽함과는 거리가 먼 문법적 아름다움(윤리적 아름다움이나 극적 아름다움이 있듯)이 존재한다. 플로베르가 고통스럽게 해산한 것은 바로 이런 종류의 아름다움이다. 이와 같은 아름다움은 그가 통사론의 특정 규칙을 적용하는 방식에 따른 것일 수도 있다. 그리고 그는 과거의 작가들에게서 미래의 자신의 모습을 발견할 때, 가령 몽테스키외의 다음 문장, "알렉상드르의 죄악은 그의 미덕만큼이나 극단적이었다. 그가 화를 내면 이성을 잃었으며 그의 잔인함은 극에 달했다"를 읽을 때 특히 즐거워했다. 플로베르가 이런 문장에 심취했다면 그것은 당연히 그것이 문법적으로 완벽해서가 아니라 문장의 절 한가운데 솟아나기 시작한 포물선이 그 다음 절의 한가운데 가서야 떨어져 압축적이며 밀폐된 문체가 지속되는 것을 가능하게 만들기 때문이다. 플로베르는 이러한 효과를 내기 위해서 인칭대명사에 관한 규칙을 적극 활용한다. 그러나 그런 목적이 아닐 때는 해당 규칙은 금세 무용지물이 된다. 『감정 교육』의 둘째 혹은 셋째 페이지에서 작가는 모로를 칭하기 위해 대명사 '그'를 사용하지만 실제 문법적으로는 프레데리크 모로의 삼촌을 가리키는 꼴이 되었고, 아르누 씨를 칭하기 위해 같은 대명사를 사용하지만 실제로는 프레데리크를 가리키게 되었다. 그다음 페이지에 '그들'이라는 대명사는 사람을 칭하는 의도로 사용되었으나 위치상으로는 모자들을 가리키는 게 맞다. 이런 종류의 오류는 생시몽의 책에서도 마찬가지로 자주 목격된다. 그런데 『감정 교육』의 둘째 페이지에서 하나의 이미지가 유지되도록 두 문단을 이어주어야 할 필요가 있을 때 인칭대명사는 문법적으로 매우 엄격한 규칙에 따라 사용되었다. 이 경우 하나의 그림을 구성하는 다양한 부분들이 관계를 맺고 있는 플로베르 특유의 일정한 규칙이 지켜져야 하기 때문이다.

> 센강의 줄기를 따라 오른쪽에 펼쳐지던 언덕이 낮아졌고 맞은편 연안, 조금 더 가까운 곳에서 또 다른 언덕이 솟아났다.
> 나무들이 그것을 둘러싸고 있었다.

플로베르에게 점점 더 중요하게 부각된 것은 그 어떤

재치 있는 표현이나 감성에 호소하는 표현을 전혀 사용하지 않고, 대신 그만의 비전을 구체화하는 방법을 발견함으로써 점점 더 자신만의 형태를 발견하고 온전히 그 자신이 되는 일이었다. 『보바리 부인』에서 그는 여전히 그가 아닌 부분을 완벽하게 제거하지는 못했다. 그 소설의 마지막 단어들, 가령 "그는 명예훈장을 받았다"라는 부분은 『푸아리에 씨의 사위』의 마지막 문장에서 "1848년의 귀족원 의원"이라는 표현을 떠올리게 한다. 사실 『감정 교육』(이 제목은 그 내구성만으로 아름답지만 ─ 사실 『보바리 부인』의 제목을 대체할 수도 있겠다 ─ 문법적으로는 완전히 옳다고 할 수 없다)에도 매우 드물기는 하지만 플로베르가 아닌 흔적들("그녀의 불쌍한 목" 등)이 이곳저곳 배어 있다. 그러나 『감정 교육』과 함께 플로베르가 혁명을 완성한 것을 부정할 수는 없다. 그때까지 플로베르에게 행위였던 것은 인상으로 바뀌었다. 사물들은 사람들만큼 생명력을 띠게 되었다. 모든 시각적인 현상에 외적 이유를 설명하려 하는 것은 언제나 이성이다. 하지만 그 현상 앞에 선 우리가 첫인상을 받는 순간에는 그와 같은 이유가 개입하지 않는다. 조금 전 내가 『감정 교육』의 둘째 페이지에서 인용했던 그 문장을 다시 한번 살펴보자.

센강의 줄기를 따라 오른쪽에 펼쳐지던 언덕이 낮아졌고 맞은편 연안, 조금 더 가까운 곳에서 또 다른 언덕이 솟아났다.

자크에밀 블랑슈는 회화의 역사에서 새로움은, 독창성은 종종 색감이 갖는 어느 단순한 관계, 나란히 병치된 두 색에서 결정된다고 한 바 있다. 플로베르에게서 나타나는 주관성은 동사 시제와 전치사, 부사의 새로운 사용에 기인한다. 특히 전치사와 부사는 그의 문장에서 대개 운율적 기능만을 수행할 때가 대부분이다. 지속되는 상태를 묘사하기 위해서는 반과거가 사용된다. 『감정 교육』의 둘째 페이지는(이는 무작위로 고른 것인데) 전체가 반과거로 진행된다. 그러다 변화가 발생할 때, 가령 행위가 발생할 때만은(이 경우도 대개 행위의 주체는 사물이다) 제외다. 그 직후 다시 반과거로 돌아온다. 그런데 종종 반과거에서 단순과거로 전환될 때 행위가 발생했음을 알려주는 것은 그것이 발생하는 방식이나 순간을 알려주는 현재분사다. 여전히 『감정 교육』의 둘째 페이지다. "그는 종탑을 바라보고 있었다. 곧 파리가 '사그라지며' 긴 한숨을 내쉬었다."(사실 굉장히 안 좋은 예시를 고른 셈이다. 플로베르의 글에는 훨씬 더 의미 있는 것들이 많은 데 말이다.) 이처럼 행위의 주체가 사물이나 동물이기 때문에 훨씬 더 다양한 동사의 사용을 필요로 함을 알려둘 필요가 있겠다. 이어서 마찬가지로 완전히 임의적으로, 또 상당히 요약해서 다음 문단을 인용해본다.

> 하이에나들은 그의 뒤에서 걷고 있었고, 황소들은 머리를 흔들고 있었으며, 표범은 허리를 둥글게 만 채 소리 없이 걸음을 옮기고 있었다. 뱀은 쉭쉭 소리를 냈고, 악취 풍기는 짐승들은 침을 흘리고 있었고, 멧돼지는…… 멧돼지를 향해 마흔 마리의 그리폰들이 달려들었으며…… 사냥개들은 맹렬하게 황소들을 쫓을 기세였다. 스패니얼 개들을 덮고 있는 매끈한 흑색 털은 새틴처럼 빛났고, 탤벗 자동차의 웅웅거림은 뷰글 나팔의 노랫소리 같았다.

이런 다양한 동사들은 플로베르 글의 지속적이고 통일성을 띤 이미지 속에서 사람에게도 적용된다. 사람 또한 사물보다 더 낫지도, 덜하지도 않은, 그저 '묘사해야 할 환상으로서' 거기에 존재할 뿐이다.

> 그는 사막에서 타조들을 쫓아다니길 원했다. 표범을

보기 위해 대나무 사이에 몸을 숨기고, 코뿔소가 가득한 숲을 통과하고, 독수리를 겨냥하기 위해 숲 꼭대기에 오르고, 북극곰을 잡으러 바다에 떠 있는 얼음 위에 두 발을 딛고 서 있고 싶었다.

이와 같은 영원한 반과거는(부정과거에 대해 '영원한'이라는 형용사로 수식하는 것을 허락하길 바란다. 기자들의 세계에서 4분의 3은 '영원하다'를 사랑이 아니라 스카프나 우산을 수식할 때 사용되기 때문이다. "그의 영원한 스카프"−"그의 전설적인 스카프"가 되지 않은 것만도 다행이다−는 이제 기자들 세계에서 확실히 자리를 지키게 된 표현이다.) 플로베르가 일반적으로 간접화법을 통해 인물들에게 발언권을 부여했을 때 그 인물들이 일부 사용하는 시제이기도 하다.("국가가 주식시장을 장악해야 한다. 다른 정책들도 여전히 유효하다. 우선 부자들을 압박해야 한다. 산모들과 유모들이 국가로부터 임금을 받게 만들어야 한다. 성능 좋은 장총을 든 여성 시민 만 명이 파리 시청을 두려움에 떨게 할 수 있다" 등등 이 모든 말들은 플로베르가 그렇게 생각하고 확언하는 것이 아니라, 프레데리크, 라 밧나즈, 혹은 세네칼이 말한 것이다. 플로베르는 그저 큰따옴표의 사용을 최소한으로 줄였을 뿐이다.) 이런 반과거의 사용은 문학에 완전히 새로운 등장을 알리며 사물과 사람의 특성을 완전히 바꾼다. 마치 집 안 한 자리에 오래 있었던 램프의 위치 변동이나 새로운 집에의 도착, 혹은 반대로 이사를 나가야 해서 내부를 완전히 비운 오래 살았던 집과도 같이 플로베르의 반과거는 낯설게 만든다. 플로베르의 문체는 몸에 밴 습관에서 벗어나고 비현실적인 환경에 놓일 때 느낄 수 있는 멜랑콜리한 기분을 갖게 한다. 이 같은 특성 하나만으로도 그의 문체는 새로움 자체다.

플로베르의 반과거는 인물의 말을 전달할 때뿐 아니라 인물들의 삶 전체를 서술할 때도 사용된다. 『감정 교육』*은 한 인물의 인생 전체를 길게 서술하고 있다. 그럼에도 그 어떤 인물도 특별한 행위에 적극 가담하지 않는다. 때로 정과거가 반과거를 막아서기도 하지만 그럴 때면 정과거는 반과거처럼 지속성을 띠게 된다. "그는 여행을 떠났다. 그는 여객선이 남기는 애수를 느껴 봤다. 그는 또한 다른 많은 것들을 사랑했다." 이런 경우 정과거와 반과거는 서로 주거니 받거니 자리를 교차

---

* 『감정 교육』에는, 물론 여기에는 플로베르가 의도했던 바대로, 이 소설의 넷째 페이지에서 읽을 수 있는 다음 문장을 전반적으로 적용시킬 수 있을 듯하다. "막연히 퍼져 있던 권태가 사람들을 한층 더 무의미하게 만들고 있는 것 같았다." —원주

하다 반과거가 보다 구체성을 띤 정보를 제공하는 역할을 한다. 때때로 반과거인 척 가장한 직설법 현재가 갑자기 끼어들어 과거의 것에 눈부신 빛을 발산하여 현재로까지 연결되는 지속성을 띠게 한다. "그들은 브르타뉴의 시골구석에서 '살고 있었다'. …… 바다를 '볼 수 있는' 언덕의 높은 곳까지 이어지는 정원이 딸린 집이었다."*

플로베르의 글에서 접속사 '그리고'는 일반적으로 문법이 부여하는 특성과 전혀 무관하게 사용된다. 플로베르는 운율적으로 잠시 멈추게 하기 위해 '그리고'를 사용하여 한 폭의 그림을 구도적으로 나눈다. 반면 일반적으로 우리가 '그리고'를 사용할 순간에는 이를 제거한다. 덕분에 많은 아름다운 문장들이 탄생한다.

"(그리고) 켈트인들은 비 내리는 하늘 아래, 작은 섬들이 고립된 만에서, 세 개의 거친 돌들이 없음을 아

---

* 전통적으로 프랑스 소설에서 과거를 묘사할 때는 정과거 시제를 사용해왔다. 그러나 이는 소설이나 역사책 등 그 사용이 매우 제한된 것으로 구어에는 사용하지 않는 시제다. 플로베르는 이러한 전통 소설 작법에 반기를 들고 구어에서 사용하는 반과거를 사용했는데, 프루스트는 이를 높이 평가하고 있다. 다만 프랑스어의 다양한 과거 시제를 우리말로 옮기면 그 차이가 제대로 전달되지 않는 어려움이 있다.

쉬워했다."

"그것은 카르타고의 교외에 위치한, 메가라에 있는, 하밀카르의 정원에서 벌어졌다."

"쥘리앵의 아버지와 어머니는, 언덕의 내리막길에 펼쳐진, 숲 한가운데 성에서 살고 있었다."

물론 다양한 전치사들의 활용은 위에서 언급한 삼박자로 이루어진 문장들에 특별함을 더하고 있다. 하지만 다른 박자를 갖춘 문장들에서 그는 결코 '그리고'를 사용하는 법이 없다. 그리고 위에서도 잠시 (다른 이유로) 인용했던 문장의 경우, "그는 여행을 떠났다. 그는 여객선이 남기는 애수를 느껴봤고, 텐트 안에서 추위에 떨며 깨어나는 아침, 숨 막히는 풍경과 유적지가 주는 감동, 어긋난 우정의 쓴맛을 경험했다." 다른 작가였다면 "그리고 어긋난 우정의 쓴맛을 경험했다"라고 썼을 것이다. 하지만 이때의 '그리고'는 플로베르의 위대한 운율이 허용하지 않는다. 반대로 아무도 사용하지 않을 곳에 플로베르는 사용한다. 그것은 마치 그림에서 다른 부분이 시작한다고 예고하는 것 같고, 파도가 물러나며 새로운 형태의 또 다른 파도가 일 것을 나타낸다.

다음도 순전히 우연히, 나쁜 기억을 더듬으며 찾은

예시다. "카루셀 광장은 조용한 느낌이었다. 낭트 호텔은 언제나처럼 외로이 서 있었다. '그리고' 뒤에 있는 집들과 맞은편 루브르의 둥근 지붕, 오른편에 나무로 된 긴 갤러리 등은 잿빛 공기 속에 녹아들어 간 것 같았다. 반면 광장의 다른 쪽 끝에는……" 한마디로 플로베르에게 '그리고'는 언제나 보조 문장을 시작하는 기능을 수행하는 반면 열거를 마무리하는 기능이라고는 찾아볼 수 없다. 또한 위 예시에서 '반면'은 문장이 너무 길어져서 그림을 구성하는 여러 부분들이 멀어지는 것을 방지할 의도로 사용한 상당히 순박한 기능의 서술적 표현이다. 르콩트 드 릴의 글에서 '멀지 않은', '더 멀리 있는', '안쪽에 있는', '더 낮은 곳에 있는', '혼자' 등의 표현이 그와 유사한 기능을 수행하고 있음을 지적할 필요가 있다. 플로베르가 이 같은 문법적 독창성(이에 대해 지면상 더 길게 이야기할 수 없지만 독자들은 나의 도움 없이도 충분히 파악하고 있을 것이다)을 천천히 체화해나가는 모습은 내가 보기에 《누벨 르뷔 프랑세즈》의 평론가가 주장하듯 '천성적으로 작가는 아님'이 아니라 오히려 그 반대임을 증명한다. 이런 문법적 독창성이야말로 새로운 시각을 보여주는 것이며, 이런 시각이 자리 잡을 수 있도록 하고, 그것을 무의식에서 의식으로 끌어올리고,

마침내 담화의 다양한 측면에 적용시키기 위해서 작가는 끝없는 시도를 했던 것이다.

다만 한 가지 놀라운 점은 이토록 위대한 작가가 그렇게나 형편없는 서신을 교환했다는 사실이다. 대개 글을 쓸 줄 모르는 위대한 작가들은 (그림을 그릴 줄 모르는 위대한 화가들과 마찬가지로) 현실에서는 그저 새로운 시각을 위해, 그리고 그것에 조금씩 적용시킬 수 있는 구체적인 표현들을 창조하기 위해서 소위 자신들의 '천재성', 달리 말해 그들의 타고난 '수월함'을 포기한 이들이다. 그러나 편지를 쓰며 스스로 내면의 깊은 이상에 절대적 복종을 하지 않는 순간, 작가들은 다시 예전의 '덜 위대한' 작가로 돌아가 버린다. 작가를 친구로 둔 여인들이 이렇게 한탄하는 것을 우리는 얼마나 자주 들었던가. "그가 얼마나 매력적인 편지를 쓰는지 당신이 알아야 하는데 말이죠. 그 편지들은 그가 쓴 소설들보다 훨씬 뛰어나답니다!" 사실 한 치의 오차 없이 자신의 새로운 규칙을 군림하는 독재자처럼 현실에 적용해가며 자신만의 새로운 시각을 작품에 표현하는 글쓰기를 하다가 편지에서는 즉흥적이고, 재치 있고, 우아하고, 유머러스하게 쓰는 것은 그들에게 아이들 장난과 같다. 이 같은 갑작스럽고 뜻밖으로 여겨지는 재능의 발휘는 작가(혹은 '앵그르처럼 그림을 그릴 줄 아는 화가')가 즉흥적으로 글을 쓸 때, 특히 플로베르의 편지들에 나타날 수 있다. 그러나 실제로는 그의 편지들에서 그 반대 현상을 목격하게 된다. 이런 기현상은 모든 위대한 예술가라면 자신의 작품에 온갖 현실을 만개시키는 반면 자신으로부터는 그 어떤 비평이나 판단도 직접 표출하지 않기 마련인 데 기인한다. 덜 위대한 작가라면 작품이 아니라 대화, 혹은 편지에 그런 것들을 나타내기 마련이다. 그러나 플로베르는 편지에 그 어떤 것도 드러내지 않았다. 그가 남긴 편지들에서 우리는 티보데 씨가 그에게서 그렇게나 찾아보려고 했던 '뛰어난 두뇌의 소유자라면 할 법한 생각'을 전혀 찾아볼 수 없다. 이제 더 이상 티보데 씨의 글이 느끼게 했던 불편함이 문제가 아니라, 플로베르의 편지들이 안겨주는 당혹감이 더 심각하다.

플로베르의 독창성은 그의 문체의 아름다움과 아주 약간 비틀어 이상하리만치 뻣뻣한 그만의 통사론에서 비롯된다고 한 이상, 이러한 특성을 보여주는 예를 하나 더 살펴보기로 하자. 플로베르의 글에는 종종 부사가 한 문장을 마치는 경우가 있는데 간혹 문장만이 아니라 소설 속 서사가 진행되는 특정 기간을, 심하면 한 권의 책을 마치기도 한다.(『헤로디아』의 마지막 문장은 "그것(세례자 요한)이 상당히 무거웠기 때문에 그들은 번갈아가며 들었다"*이다.) 플로베르에게는, 르콩트 드 릴과 마찬가지로 설령 그것이 다소 묵직하게 느껴질지라도 견고함에 대한 욕망을 찾아볼 수 있다. 이는 과하다 싶을 정도로 빈 공간과 틈을 많이 집어넣는, 지나치게 가볍거나 비어 있는 문학에 대한 거부감 때문이다. 실제로 플로베르는 부사 혹은 부사절을 언제나 가장 불편하면서도 무겁고 예상외인 장소에, 마치 이미 압축되어 있는 문장들을 한층 더 단단하게 쌓아올리고 마지막 남은 구멍 하나까지 모조리 막아버릴 수 있는 곳에 위치시킨다. 오메는 말한다. "당신의 말들은 '어쩌면' 혈기왕성할 수도 있겠네요." 위소네는 말한다. "지금이 시민들에게 '어쩌면' 알려야 할 시간일 수도 있겠군." "파리는 그렇게 '곧' 되었을 테지."** '결국'이나 '그럼에도', '그래도'와 '적어도'는 플로베르가 아닌 다른 작가였다면 위치시켰을 곳과 언제나 다른 곳에 자리 잡고 있다. "비둘기 모양의 램프가 그 위에서 불을 '지속적으로' 밝히고

* 프랑스어 원문에서는 부사인 '번갈아가며alternativement'가 문장의 마지막에 위치한다.
** 오메와 위소네는 각각 『보바리 부인』과 『감정 교육』에 등장하는 인물이다.

있었다." 같은 이유로 플로베르는 어느 정도 저속한 동사나 표현들이 갖는 무겁게 짓누르는 인상을 두려워하지 않았다.(위에서 언급했던 다양한 동사들의 활용과 대조되지만 '있다'라는 이 단단한 동사는 끊임없이 등장한다. 이류 작가라도 보다 섬세한 뉘앙스를 갖는 동사들을 사용했을 법한 곳이라도 어김없이 등장한다. "집들에는 경사진 정원들이 있었다." "네 개의 탑에는 각각 뾰족한 지붕이 있었다.")

이러한 특성은 19세기의 위대한 예술가들에게서 공통적으로 찾아볼 수 있는 것으로, 평론가들이 그들에게서 전통 거장으로부터 물려받은 유산을 발견하려고 애썼던 반면 대중은 그들을 저속하다고 손가락질했다. 곧 마지막 숨을 내쉴 마네와 르누아르에 대해 우리가 선구자들이라 말하건, 반대로 그들을 벨라스케스, 고야, 부셰, 프라고나르, 혹은 루벤스나 한 술 더 떠서 고대 그리스의 후예에 비교하건, 또 플로베르를 보쉬에와 볼테르의 후예라고 부르건 그들과 동시대 사람들은 그들 작품이 지나치게 일반적이라고 보았다. 물론 우리는 그들이 말하는 '일반적'의 정의를 다시 되새길 필요가 있겠지만 말이다. 플로베르가 다음처럼 말할 때, "이와 같이 혼란스러운 생각 ─ 그것이 상당히 매력적이었음에도 불구하고 ─ 에 그는 정신이 혼미해졌다", 그리고 프레데리크 모로가 장교 부인이나 아르누 부인과 함께 있는 순간 "그녀에게 밀어를 속삭일 때" 우리는 '임에도 불구하고'가 우아하다고 여길 수 없고, '밀어를 속삭이다'라는 표현 또한 세련되었다고 할 수는 없다. 하지만 우리는 플로베르의 문장이 크레인처럼 들어 올렸다가 둔중한 소리를 내며 떨어뜨리는 그러한 묵직한 재질의 표현을 좋아한다. 만약 플로베르가 밤에 글을 쓰는 동안 램프에서 나오는 빛이 어선들에게 등대 같은 역할을 했다고 우리가 인정할 수 있다면, 마찬가지로 그의 '악 쓰는 방'에서 만들어진 문장들 또한 밭을 솎아내는 기계가 갖는 규칙적인 리듬으로 충만하다고 말할 수 있다. 그의 강박적인 리듬을 느낄 수 있는 자는 행복하다. 그러나 그러한 리듬을 견디지 못하고 그들이 자신만의 글을 써야 하는 순간에 오로지 플로베르 흉내만 내고 있다면, 저 독일의 민담에 등장하는 커다란 종의 추에 몸이 묶인 채 평생을 지내야 하는 가여운 인물들과 같은 운명일 것이다.

또한 나는 플로베르의 작품이 갖는 중독성에 관해 다른 작가의 글을 모방하여 글쓰기 연습을 하는 모작이 갖는 정화적 기능이나 그것을 제대로 완성했을 때 느낄 수 있는 카타르시스를 고려하여 플로베르를 모작할 것

독서

을 권하고 싶다. 한 권의 책을 다 읽고 그것을 덮을 때 독자는 그 속의 인물들, 보세앙 부인과, 프레데리크 모로와 함께 계속해서 지내고 싶을 뿐 아니라 책을 읽는 내내 발자크의, 플로베르의 리듬에 길들었던 우리 내면의 목소리는 계속해서 그들이 말하는 것처럼 이야기하고 싶어 한다. 이런 욕망을 막아서는 안 된다. 그것이 지속되는 한 일정 시간 그것을 허용해야 한다. 즉 의도적 모작을 함으로써 그것이 지나갔을 때는 다시금 본인의 목소리를 낼 수 있어야 한다. 그럼으로써 작가는 평생 의도하지 않은 모작만을 계속하는 함정에서 벗어날 수 있다. 의도적 모작은 순전히 계산하지 않은 상태에서 이루어진다. 예전에 내가 플로베르를 모작했을 때—정말이지 그것은 너무나 끔찍하지만—내 안에서 끊임없이 울리던 소리가 반과거 혹은 현재분사의 반복에 의한 것인지 나는 분석하며 쓰지 않았다. 만약 그렇게 했다면 결코 그것을 완성하지 못했을 것이다. 하지만 오늘 내가 플로베르 문체의 특성에 대해 한 작업은 그때와는 정반대되는 것이다. 무의식적으로 생각했던 것을 선명하게 재현해내지 못하거나 반대로 구체적으로 분석한 내용을 생동감 있게 전달하지 못하면 작가는 결코 만족스러운 결과물을 내놓지 못한다.

오늘날 끝없는 논쟁의 대상이 되는 플로베르의 수많은 장점에 계속 찬사를 보내는 일은 여기서 멈추도록 하겠다. 하지만 그의 놀라운 특성 중 나를 가장 감동시키는 것은 내가 추구하는 길의 종착점이기도 한 시간의 인상을 완전히 그만의 방법으로 파악하여 재현했다는 사실이다. 내가 보기에 『감정 교육』에서 가장 아름다운 부분은 그 어떤 단어들 속이 아니라 특정 묘사에서 갑자기 튀어나온 빈 공간이다. 그전까지 플로베르는 여러 페이지에 걸쳐 프레데리크 모로의 별 볼 일 없는 행동을 나열하고 묘사한다. 그러다가 프레데리크는 한 폭도를 향해 칼을 겨눈 채 함께 걷고 있는 경관을 보게 되는데, 끌려가던 폭도는 이내 그 자리에서 쓰러져 숨을 거둔다. "얼이 빠진 프레데리크는 세네칼을 알아보았다!" 여기에 빈 공간이, 거대한 빈 공간이 있다. 그 어떤 전환도 예고하지 않은 채 10여 분이 아니라 수년이, 수십 년이(독자가 전혀 예상치 못한 상태에서 속도의 갑작스러운 변화가 어떻게 벌어지는지 보여주고자 위에서 이미 인용했지만 그 장면의 마지막 문장을 인용하고자 한다) 지난다.

얼이 빠진 프레데리크는 세네칼을 알아보았다.

그는 여행을 떠났다. 그는 여객선이 남기는 애수를 느껴봤고, 텐트 안에서 추위에 떨며 깨어나는 아침⋯⋯을 경험했다. 그는 돌아왔다.

그는 사교계를 출입했다⋯⋯

1867년 말에⋯⋯

물론 발자크의 소설에도 "1817년에 세사르는⋯⋯" 등의 문장을 많이 볼 수 있다. 하지만 발자크의 경우 이런 표현은 사실임 직한 효과를 내고 정보를 제공하는 차원에서 사용되었다. 반면 플로베르는 이러한 표현들에서 최초로 서사적이며 기술적인 기능을 제거한 작가이다. 그가 처음으로 이러한 표현들에 음악성을 부여한 것이다.

내가 훨씬 더 좋아하는 다른 많은 것들을 뒤로하고 굳이 특별히 좋아하지도 않는 플로베르를 옹호(조아생 뒤 벨레가 의도하는 의미에서의 옹호)하기 위해 이렇게 글을 쓰는 이유는 우리가 책을 읽는 방법을 잊어버렸다는 생각이 들기 때문이다.* 다니엘 알레비는 최근 《논평》지에 생트뵈브의 100주년을 기념하여 매우 아름다운 기사를 발표했다. 하지만 내가 보기에 그날 영감이 떠오르지 않았던 알레비는 그 기사에서 생트뵈브를 가리켜 잃어버린 독서의 안내자라고 명하는 실수를 범한다.(이 글을 마무리 짓고 있는 지금 단계에서 그의 책들도, 또한 기사도 내 손안에 있지 않은 관계로 정확하게 인용할 수는 없지만, 하여 간 알레비의 의도는 그랬다.)

물론 나 자신도 생트뵈브의 달콤하고 재치 있는 구어체적 형편없는 음악에 취하도록 용인한 적도 있지만, 생트뵈브만큼 독서의 안내자라는 명함이 적절하지 않은 자가 또 있을까? 그의 『월요 한담』 대부분은 삼류 작가들에게 할애되었고, 플로베르와 보들레르같이 정말 위대한 예술가에 대해 이야기할 때면 찬사를 보내는 척하다가 자신은 그들의 친구라며, 이 글은 진지한 평론이 아닌 가벼운 '한담'에 불과하다며 곧 그것을 거둬들인다. 공쿠르 형제에 대한 각자의 의견이 무엇이건 생

---

    * 문학비평을 전혀 기대할 수 없는 몇 위대한 과학 저술의 경우는 예외가 적용된다고 덧붙이고 싶다. 새로운 문학비평 흐름의 근원지가 된 레옹 도데의 위대한 저서인 『유전』과 『이미지의 세계』는 그 영향력에 있어 가히 새로운 데카르트적 물리학이나 새로운 데카르트적 의학의 탄생과도 비견된다. 레옹 도데가 몰리에르, 위고, 보들레르 등을 바라보는 시선은 이미지라는 행성에 중력의 법칙을 적용해 연결시킬 때 한층 더 매력적으로 다가오는 것이 사실이다. 하지만 외부 요소들과 분리하여 그 시선들 자체만을 고려하더라도 그것들은 문학비평론으로서 갖는 생동감과 깊이를 보장한다. —원주

트뵈브가 평소 아낌없이 찬사를 보내는 작가들보다는 월등히 뛰어난 이 형제에 대해서도 그는 그저 친분이 있는 사람들로 묘사한다. 19세기의 가장 위대한 작가 3, 4위에 오르는 제라르 드 네르발에 대해서는 괴테를 번역한 인물로, 단순히 '상냥한 네르발'로 형편없이 다룬다. 그가 자신만의 작품을 썼다는 사실은 생트뵈브에게 중요하지 않은 모양이다. 소설가 스탕달, 『파르마의 수도원』을 쓴 스탕달에 대해서라면 우리의 '안내자'는 미소를 지으며 미술상들의 투기로 명성을 얻게 된 몇몇 화가들과 마찬가지로 스탕달을 소설가로 추대하기 위한 모종의 음모(그것도 실패로 돌아간)가 있었다고 분석한다. 발자크는 스탕달이 살아 있을 때 그의 위대함을 칭송하는 글을 썼는데, 그가 돈을 받고 그렇게 썼던 것이라 주장한다. 발자크 자신도 글의 가치에 합당한 금액보다 더 많이 받았다고 하지 않았던가?(여기서 생트뵈브는 발자크의 편지를 자의적으로 해석하지만 지금 그 잘잘못을 가리는 자리는 아니다.)

만약 내게 더 중요한 일들만 없었다면 생트뵈브 식으로 '19세기 프랑스 문학의 풍경'을 퀴빌리에 플뢰리의 표현을 빌려 '스케치'하며 시간을 보내는 것도 흥미로울 뻔했다. 그랬으면 나의 글에는 위대한 작가에 대한 언급은 전혀 찾아볼 수 없는 반면 오늘날에는 완전히 잊힌 작가들이 거장으로 추대되어 있는 것을 볼 수 있었을 테다. 물론 우리의 예술적 가치 판단은 언제나 정확하지 않을 수 있고, 무엇보다 본질적으로 우리의 판단은 그렇게 중요하지 않다. 플로베르는 스탕달을 잔인하리만치 무시했으며, 스탕달은 스탕달대로 가장 아름다운 로마네스크 양식의 성당들을 끔찍하다 여겼고 발자크를 비웃었다.

그럼에도 생트뵈브의 경우는 용서받지 못할 정도이다. 왜냐하면 그는 베르길리우스나 라 브뤼예르, 즉 이미 오래전부터 인정받고 명성이 확고한 작가들에 대해서는 너무나 쉽고 간단하게 긍정적인 평가를 내린 반면, 그 자신이 그토록 여러 번 평론가의 존재 이유이자 근본적이면서 또한 가장 어려운 임무라고 강조했던 동시대 작가들에 대한 가치 판단에 대해서는, 단 한 번도 제대로 문학적 비평을 하지 않았기 때문이다. 바로 이 단하나의 이유만으로도 나는 생트뵈브에게 결코 '독서의 안내자'라는 칭호를 허락할 수 없다. 알레비의 같은 기사(매우 잘 쓰인 기사이다)에 따르면 우리가 읽는 방법을 잊어버린 것은 산문만이 아니라 시도 해당한다. 알레비는 생트뵈브가 쓴 두 개의 시구를 언급하는데 사실 첫

번째 것은 생트뵈브 본인의 것이라기보다는 앙드레 리
부아르의 것이고 두 번째 것이 생트뵈브가 쓴 것으로
다음과 같다.

> 소렌토는 나의 감미로운 꿈을 영원하게 만들어주
> 었으니
> Sorrente m'a rendu mon doux rêve infini.

이 시행은 발음을 흐리며 읽는 순간 끔찍한 것이 되
고, r를 강조하여 읽으면 우스꽝스러워진다. 일반적으
로 모음이나 자음의 의도된 반복은 진지한 효과를 낼
수 있다.(라신의 『이피제니』와 『페드르』를 보라.) 빅토르 위고
의 시행에서 순음의 여섯 번 반복은 시인이 의도한 공
기처럼 가벼운 인상을 준다.

> 밤의 숨결이 갈가라 위에서 떠돌고 있었다.
> Les souffles de la nuit flottaient sur Galgala.

더하여 위고는 프랑스어에서 결코 조화롭게 들린다
고 할 수 없는 r의 반복을 잘 활용했던 모범을 보여준다.
그가 r를 반복적으로 사용했음에도 결과는 놀라웠고 생

트뵈브의 경우와는 차원이 달랐다. 어쨌든 시의 경우는 제쳐놓고라도 우리가 산문을 읽는 방법을 잊어버린 지는 오래다. 티보데 씨는 플로베르의 문체를 다룬 기사에서 박식하고 빈틈없는 독자답게 과연 샤토브리앙의 문장을 인용한다. 샤토브리앙의 수없이 아름다운 문장들 중에서 하나를 고르기가 쉽지 않았을 것이 분명하지만 하필 티보데 씨는 그중에서 가장 약하고 흐릿한 문장을 고른다. 그는 귀조 씨가 그것을 즐겁게 낭송했다는 사실을 접했을 때 그 자체만으로도 그 문장이 얼마나 별 볼 일 없는 것인지 눈치챘어야 했다. 일반적인 규칙은 샤토브리앙의 글 중에서 18세기 혹은 19세기의 정치적 논평을 다룬 글은 진정한 샤토브리앙이라고 할 수 없다는 사실이다. 위대한 작가의 다양한 작품을 대할 때 선별적 감상을 하는 것 또한 중요하다. 뮈세가 밤의 시 연작을 발표하기까지, 몰리에르가 마찬가지로 『인간 혐오자』를 발표하기까지 한 해, 한 해, 서서히 공을 들이며 예술적 정점에 도달하지만 독자는 뮈세의 다음 시구를,

생블레즈에서, 주에카에서,
우리는, 우리는 편안했다.

À Saint Blaise, à la Zuecca

Nous étions, nous étions bien aise

그리고 몰리에르의 『스카팽의 간계』를 더 좋아할 수도 있다. 또한 우리는 플로베르를 포함해서 다른 위대한 거장들을 보다 더 편하게 읽을 필요가 있다. 그들이 우리 옆에서 여전히 살아 숨쉬며, 우리가 해보지 못했던 다양한 시도를 그들은 노력하여 성공시켰다는 사실을 알게 되면 놀랄 것이다. 플로베르는 재판에서 자신을 옹호할 인물로 세나르 변호사를 선택했다.* 그는 이미 사라진 위대한 작가들의 명언을 자신에게 유리한 변론 자료로 제출할 수도 있었다.

나는 거장들이 여전히 우리 안에서 존재한다는 사실을 다음의 개인적인 예를 들어 증명하고자 한다. 『스완네 집 쪽으로』가 출간되었을 때 어떤 독자들은, 그것도 상당히 문학적 학식이 풍부한 이들도, 가려 있긴 하지만 철저히 계획된 작품의 전체적인 구성을 알아보지 못하고(짜임새를 알아보기 더 힘들었던 이유는 『잃어버린 시간을

---

* 1857년 『보바리 부인』이 출판되자 도덕과 풍속을 해친다는 이유로 작가는 기소되고 소설은 판매금지 명령을 받는다. 플로베르는 쥘 세나르 변호사를 고용했고 결국 무죄 판결을 받는다.

찾아서』의 1권을 구성하는 이 첫 지점이 크게 벌린 컴퍼스의 한 쪽 끝이라면 그 대칭점에 있으며 결과의 원인을 드러내는 지점이 너무도 멀리 떨어진 다른 쪽 끝에 위치해 있기 때문이기도 하다) 내 소설을 다양한 상념들을 우연이라는 실타래로 엮은 회상록 정도라고 여겼다. 그들은 진리를 알아보지 못한 자신들의 주장을 뒷받침하기 위하여 차에 적신 마들렌 부스러기들이 내게('나'라고 말하지만 전혀 내가 아닌 화자에 게) 잃어버린 시간을 상기시키는 장면 등을 인용한다. 특히 아직 출간되지 않은 소설의 마지막 권에서 문학에 대한 내 이론의 근간을 이루는 비의도적 기억에 부여하는 중요성은 제쳐두고라도, 최소한 작품의 구성이라는 일부 측면에 제한하여 이야기하자면, 이쪽 면에서 다른 쪽 면으로 이동하기 위해 실제로 벌어진 어떤 사건이 아니라 보다 순수하고 진귀한 연결고리로서 기억에 관한 현상을 사용했다. 샤토브리앙의 『무덤 너머에서의 회상』이나 제라르 드 네르발의 『불의 소녀들』을 펼쳐보라. 독자들은 지나치게 형식에 치우진 해석을 함으로써 이 작품들의(특히 네르발의 경우) 가치를 깎아내렸는데 이들 작품 또한 유연한 전개 없이 급격한 변화를 포함하고 있다. 내 기억이 맞는다면 샤토브리앙이 몽부아지에에 있을 때 갑자기 개똥지빠귀의 노랫소리를 듣는 장면

독서

이 있다. 유년기에 수없이 들었던 그 노랫소리는 그를 갑자기 콩부르로 데려오고 그를, 그리고 독자를 완전히 다른 시간과 장소로 이동시킨다. 마찬가지로 『실비』의 첫 부분은 연극 무대 앞에서 진행되는데 여자 배우에 대한 제라르 드 네르발의 사랑을 묘사한다. 그러다 그의 시선은 갑자기 어떤 공지사항이 적힌 포스터에 고정된다. "내일 루아지에서 궁수들이……." 그 포스터는 그에게 어떤 기억을, 정확히 말하면 유년기에 경험한 두 여인에 대한 사랑을 상기시키며 무대는 완전히 새로운 장소로 이동한다. 이와 같은 기억에 관한 현상은 네르발에게 장면 전환으로 사용되었다.

이 천재 작가가 남긴 작품들은 모두 내 소설의 한 단원에 붙인 소제목인 '마음의 간헐'이라고 불려도 무방할 듯하다. 하지만 이 제목은 그의 작품에서는 어쩔 수 없이 전혀 다른 의미를 갖게 된다. 사람들이 말하기를 그가 미치광이였기 때문이다. 하지만 문학평론의 관점에서 말하자면 이미지들, 그리고 생각들 사이에 존재하는 가장 본질적인 관계를 누구보다도 정확하게 볼 수 있는 감각을(그것을 발견할 수 있게 방향을 조정하는 감각보다도) 보유한 상태를 광기라고 불러서는 안 될 것이다. 네르발의 광기라고 하는 것은 일상적으로 하는 몽상을 어느 순간 더 이상 글로 표현할 수 없게 된 순간에 불과하다. 즉 그의 광기는 그의 작품의 연장이다. 그는 곧 다시 작품을 쓰기 위해 광기에서 벗어난다. 앞선 작품의 종착지였던 광기가 이번에는 다음 작품의 출발지이자 원재료가 되는 것이다. 그는 광기가 지나간 후 우리가 매일 아침 지난밤을 온통 자면서 보냈다는 사실을 깨닫거나, 언젠가는 죽음의 종착역에 도착하게 되어 당황하는 것보다 더 수치심을 느끼지 않는다. 그는 자신의 다양한 몽상들을 분류하고 묘사할 뿐이다. 네르발과 함께 우리는 벌써 『보바리 부인』이나 『감정 교육』과는 상당히 다른 문체와 대면한다. 이 글을 시간에 쫓기면서 쓰느라 발생한 여러 오류에 대해서 독자들이 관대하길 바랄 뿐이다.

1920년 《누벨 르뷔 프랑세즈》

가브리엘 무레의 『게인즈버러』 서평

가브리엘 무레가 게인즈버러에 관한 짧고 본질적이며 매력적인 책을 발표했다. 책을 출간한 로랭스 컬렉션은 간단한 편람이나 개론의 형태를 띠고 있지만 진정한, 그리고 강력한 창의성으로 무장한 오귀스트 마르귀에의 『알브레히트 뒤러』와 폴 데자르댕의 『니콜라 푸생』 같은 저작들을 선보이고 있다.

하루는 토머스 게인즈버러가 아버지의 이름으로 작성된 편지를 들고 학교에 온다. 그 편지는 아들이 하루 현장학습을 하게 해달라고 요청하는 내용이었고, 그날 게인즈버러는 숲과 들에서 종일 자유를 만끽하며 관찰하고 사색하고 그림을 그리며 보냈다. 저녁이 되어 학교에 돌아왔을 때 계략은 들통 났다. 그가 아버지의 글씨체를 흉내 냈던 것이다. "교수형에 처할 줄 알아라!" 아버지는 노발대발한다……. 하지만 아들은 아무 말도 않은 채 그저 그날 그가 한 일들, 그림을 아무렇지 않

게 보여준다. 아버지의 노여움은 가라앉는다. 또 하루
는 게인즈버러네 과수원에 서리꾼들이 들었는데 톰은
그중 배나무에 매달려 있던 한 서리꾼을 보았고 재빨리
스케치한다. 그 스케치가 어찌나 생생했던지 재판소에
서 증거자료로 쓰였을 정도였다. 그것은 자크 푸아리에
초상화의 밑그림이 되었다.

이토록이나 아름답고 우아하며 의미심장한 일화들!
그 안에서 나는 너무나 많은 것들을 볼 수 있다. 저항할
수 없는 매력적인 기질, 예술 작품이 하나의 자료로서
갖는 유용성("하나의 예술 작품은 지질학, 식물학, 조류학에 관
한 하나의 챕터, 재판의 참고자료 등이 되어야 한다"라고 러스킨
은 말했다), 그리고 예술가로서의 타고난 도덕성 안에서
갖는 임무들의 흥미로운 서열이 그것이다. 이때 예술가
에게 선이 영감을 보좌한다면, 악은 그것을 마비시킨
다. 여기서 선은 위조한 편지와 등한시한 학교이고, 악
은 그에게 아무것도 가르쳐줄 수 없는 학교가 된다. 한
참 후에 이 용감하고 성실할 뿐 아니라 위대하고 너그
럽기까지 한 게인즈버러는 돈을 경멸하지 않게 된다.
예술가에게 돈이 절대적 악은 아니지만 배스의 '엘레강
스의 심장'이라 불리는 작업실에서조차 그는 사교계 인
사들을 경계했다. 속물주의를 원칙으로 하는 그런 사람

들과의 교류는 예술가의 화를 돋우고 재능을 잠식시킬 수 있다. 다음은 게인즈버러가 친구인 잭슨에게 쓴 편지다.

> 당신은 능력을 신사들과 낭비하고 있어요. 당신이 하는 모든 연구는 어떻게 하면 신사가 될 수 있을까 하는 것입니다. 망할 신사! 예술가가 그보다 더 조심해야 할 적은 없습니다. 일정한 거리를 유지하는 것이 필수입니다. 우리가 그들을 바라보아야 할 이유가 있다면 그것은 단 하나입니다. 바로 그들의 돈이지요. 신사들이 제 집을 찾아오면 제 하인이 그들에게 용건을 묻습니다.
> — 그림 때문에요.
> — 이쪽으로 오시지요. 주인님께서 곧 나오실 겁니다. 하지만 그들이 단지 안부를 묻거나 제 그림을 칭찬하러 왔다면,
> — 주인님께서는 외출하셨습니다.

가브리엘 무레는 게인즈버러나 영국 회화와 관련해 러스킨을 여러 차례 언급한다. 러스킨을 빼고는 지난 2세기 동안 발전한 영국 회화에 경의를 표할 수 없다는

사실에 전문가들의 의견은 일치한다. 또한 무레가 게인즈버러, 터너 등에 찬사를 보낼 때는 러스킨에 경의를 표하는 것과 같다. 이에 대해 내가 이 글을 마치면서 덧붙일 다음 일화는 위에서 소개한 일화에 이어서 감동적이며 의미심장한 증거를 제공한다. 그루 씨의 컬렉션은 가히 영국 회화의 루브르(우리의 루브르는 안타깝게도 소장품이 너무나 적지 않은가!)라고 불릴 만한 가치가 있는데 그가 바로 마지막 일화의 주인공이다. 러스킨이 사망하자 이 위대한 수집가는 로런스와 게인즈버러를 예찬하고 터너를 열렬히 옹호하며 생을 보낸 이 훌륭한 미학자의 죽음을 깊게 애도했다. 그는 어떻게 하면 자기 방식으로 이 이별을 기릴 수 있을까 고민하다가…… 터너의 작품을 한 점 구입한다. 죽음을 기리기 위해 지상에서 자신이 제일 좋아했던 것을 바치는 이러한 봉헌은 실로 세속적이나 러스킨의 마음에는 가장 따뜻하게 다가왔을 것이라 믿는다. 그리고 당시 내가 그런 사실을 접했을 때 그 안에서 나는 시인의 행위와도 같은 것을 본 듯한 인상을 받았다.

1907년

폴 모랑의 『연한 새순』 서문

고대 아테네인들의 공연 시간은 정말 길다. 우리는 우리의 미노타우로스 폴 모랑에게 아직까지 젊은 여인 셋을 바쳤을 뿐이다. 원래 약속했던 제물은 일곱 명이었다. 하지만 한 해가 끝나기까지는 아직 시간이 남아 있다. 차마 스스로 드러내지는 못하지만 클라리스와 오로르 같은 영광스러운 운명을 받아들이고 싶어 하는 여인들은 많이 있다.* 이 아름다운 여인들의 이름을 딴 매력적인 단편들이 포함된 모랑의 작품집이 그 자체로 워낙 뛰어나 서문을 필요로 하지 않음에도, 나는 그것에 어울리는 제대로 된 서문을 쓰고자 하는 마음이 들었다. 그러나 때마침 예기치 못한 사건이 발생해서 나를 방해했다. 낯선 여인이 나의 뇌 속에 눌러앉아 버린 것이

---

* 폴 모랑의 『연한 새순』은 「클라리스」, 「오로르」, 「델핀」이라는 세 개의 단편으로 이루어진 소설집이다.

다.** 그녀는 갑자기 찾아왔고, 예고 없이 떠났다. 그러기를 계속 반복하다 보니 나는 그녀와의 만남과 헤어짐에 익숙해지게 되었다. 부담스럽도록 친근하게 구는 세입자처럼 그녀는 집주인인 나에게 지나치게 접근했다. 그녀가 미인이 아니라는 사실에 나는 깜짝 놀랐다. 항상 죽음은 그럴 것이라 믿었기 때문이다. 그렇지 않다면 그녀가 우릴 데려갈 구실이 어디에 있단 말인가? 어쨌든 오늘만큼은 그녀가 외출을 한 모양이다. 하지만 그녀가 집안을 어지럽혀 놓고 간 꼴을 보니 분명히 머지않아 다시 돌아올 낌새다. 그녀가 본의 아니게 내게 허락한 막간의 휴식을 이용해 이미 너무 유명해서 내 추천이라고는 필요 없는 작가의 작품집에 서문이나 한 번 써보고자 한다.

이 낯선 여인의 방문 말고도 서문을 쓰지 못하게 만든 또 다른 요인이 하나 있다. 애석하게도 이미 뵌 지가 20년이 넘은 나의 멘토인 아나톨 프랑스가 최근 《르뷔 드 파리》에 문체에서 개성은 모두 피해야 한다고 주장한 칼럼을 발표했다. 그러나 폴 모랑의 문체가 개성적

** 이 시기 프루스트는 어린 시절부터 그를 괴롭히던 천식을 심하게 앓고 있었다. 그는 이 서문을 쓰고 2년 뒤인 1922년 숨을 거둔다.

인 것만은 분명하다. 내게 여전히 호감을 간직하고 있다고 믿어지는 프랑스 씨를 만약 다시 뵐 수 있다면 사람들이 느끼는 방식이 모두 다른데 어떻게 하나의 문체만이 존재해야 한다고 믿을 수 있는지 여쭙고 싶다. 문체의 아름다움은 생각이 더 높은 곳을 향해 나아가고 있다는 증거이자, 사물들 사이에 존재하지만 여러 우연에 의해서 잊혔던 필연적인 관계를 발견하고 맺어준 또 다른 증거인데 말이다. 『실베스트르 보나르의 범죄』를 보더라도 고양이를 묘사한 장면이 형성하는 강인함과 온유함이라는 이중적인 인상이 하나의 놀라운 문단 안에 배어 있다.

"하밀카," 나는 다리를 길게 뻗으며 말했다. "책들의 도시를 꾸벅꾸벅 졸며 내려다보는 왕자여!(나는 지금 그 소설을 가지고 있지 않다.) 너의 군사적 민첩함이 든든하게 지키고 있는 요새 안에서 술탄의 나른함을 지닌 채 편안히 자거라. 네게는 야만적인 전사의 강인함과 동방 여인의 풍만한 우아함이 같이 있구나. 검투사이자 밤의 여인 하밀카……."

하지만 프랑스 씨는 앞에 인용한 자신의 문단이 아름

답다는 내 생각에 동의하지 않을 것이다. 그에 의하면 18세기 말 이후 쓰인 모든 작품은 형편없기 때문이다.

"18세기 말 이후 우리는 제대로 쓰는 법을 잊었다." 그의 이 주장에 대해서는 무한대로 논쟁할 수 있겠다. 19세기에 엉터리 글을 쓴 작가들이 많았던 건 사실이다. 프랑스 씨가 프랑수아 귀조 및 아돌프 티에르(티에르와 비교 대상이 되는 것 자체가 귀조에게는 불명예로 느껴질 테지만)에 대한 비판을 자신에게 맡겨달라고 청하면 우리는 기꺼이 한 발 물러나 기대에 가득 차서 구경꾼의 자세를 취한다. 이어서 우리는 지체 없이 빌르맹이니 쿠쟁이니 하는 작가들을 그의 신랄한 펜 아래 바친다. 특유의 현란한 산문으로 고등학생들의 정신을 쏙 빼놓는 이폴리트 텐은 조금 더 대접받을 수도 있겠으나 어쨌든 추방자들의 명단에 이름을 올리기는 마찬가지다.

도덕적 진리가 무엇인지 그 정수를 보여준 에른스트 르낭도 사실 내용을 제외하고 표현만 본다면 때때로 글이 엉망이었다는 사실은 변함없다. 믿을 수 없을 정도로 일관되게 조화를 부정하는 색채들을 사용하여 그것이 작가가 코믹한 효과를 의도적으로 연출한 것은 아닌지 의심케 하는 후기 작품들은 말할 것도 없고, 스스로의 감정에 휩싸인 소년 성가대원들이 경험할 법한 순진한 감동을 표현하고자 한 듯한 느낌표로 점철된 초기 작품들을 제외하더라도 아름다운 『그리스도교의 기원』조차 대체적으로는 엉터리로 써졌다. 높이 평가되는 산문 작가 중에서 그만큼이나 색채감을 잘 표현하지 못하는 작가도 보기 힘들다. 그리스도가 처음으로 예루살렘에 입성하는 장면에서 그 도시는 베데커 여행 책자처럼 묘사되지 않았는가! "건물들은 그 어마어마한 크기와 완벽한 마무리와 재질의 아름다움 측면에서 고대 건축물들과 맞먹었다. 놀랍도록 멋진 무덤들의 무리는 뛰어난 취향을 증언한다" 등등. 실제로 이 장면은 작품 전체에서 차지하는 의미에서 매우 중요하게 다루어야 할 부분이 맞는데, 문제는 르낭이 중요하다고 여긴 부분들마다 모두 아리 셰퍼, 혹은 샤를 구노(세자르 프랑크가 억지스러운 성대함으로 희생시킨 〈속죄〉만을 작곡했다면 그도 이 명단에 포함됐을 수도 있겠다) 식의 과장된 장엄함을 표현하고자 했다는 점이다. 르낭이 책의 머리말이나 맺음말을 작성할 때마다 그는 진정한 개인적인 인상에 착안하기보다 판에 박힌 작문 숙제를 해결하는 학생처럼 쓴다. "이제 사도들의 배는 돛을 날개처럼 활짝 펼칠 수 있었다." "눈부신 빛은 이제 쏟아지는 별들의 무리에 자리를 내주었다." "죽음은 우리 둘을 모두 쓰러뜨렸다." 마찬가지로 작가가 예루살렘에서의 그리스도를 가리켜 "젊은 민주적인 유대인"이라고 칭하거나, 이 "시골 청년"에게서 막을 새도 없이 "끝없이" 돌출되는 "순진함" 등에 대해 이야기하는 순간(이 얼마나 발자크가 떠오르는가!), 르낭의 천재성을 부정하는 건 아니지만 결과적으로는 『그리스도의 삶』이 그리스도교의 『아름다운 헬레나』는 아닌지 의심하게 된다. 그렇다고 아나톨 프랑스 씨가 승리를 자축하기에는 이르다. 문체에 대한 내 생각은 다음 기회에 이야기하기로 하자. 그런데 정말로 19세기는 그가 믿는 것처럼 엉터리로 쓴 작가밖에는 없는 것일까?

보들레르의 문체는 객관적이며 오랜 충격을 남긴다. 그보다 더 강력한 문체를 선보였던 작가가 있었던가? 자비에 관한 그의 다음 시만큼 덜 자비롭고, 그러나 동시에 더 강력한 시를 나는 알지 못한다.

　　　분노한 천사는 먹이를 덮치는 독수리처럼
　　　신앙심이 없는 자의 머리채를 낚아채고
　　　흔들어대며 말한다. "너는 섭리를 깨닫게 될
　　것이다

사랑하라, 얼굴을 찌푸리지 말고
가난한 자, 악인, 꼽추, 정신병자를
그리스도가 네 앞을 지날 때
그의 앞에 자비의 양탄자를 깔아줄 수 있도록……

믿음에 대해서는 티끌만큼도 본질을 다루고 있지 않으면서도 다음처럼 경이로운 글 또한 접하지 못했다.

늙은이들은 날개를 빌려준 믿음에게 말했다.
위대한 히포그리프여, 나를 하늘로 데려다주오!

보들레르는 놀라운 전통적 시인이다. 그런데 흥미로운 점은 그의 이 같은 형태의 전통성은 그것을 외설적으로 묘사할수록 더욱 강해진다는 사실이다. 장 라신은 분명 보들레르보다 더 깊이 있는 운율을 완성했지만 보들레르의 금지된 시들만큼 순수한 형태에는 도달하지 못했다. 그중 가장 커다란 논쟁을 일으킨 다음 시구는 라신의 『브리타니쿠스』에서 영감을 받은 듯하지 않은가!

그녀의 무기력한 팔은 적군에 투항한 무기처럼
한층 더 돋보이게 할 뿐이었다, 그녀의 절망에 빠

진 아름다움을……

가여운 보들레르! 그는 생트뵈브에게 자신의 시집을
소개하는 글을 구걸하여(그것도 크나큰 존경심과 조심스러
움을 담아!) 고작 다음과 같은 반쪽짜리 칭찬을 받아내는
데 성공한다.

확실한 것은 보들레르는 직접 대면하여 이야기를 나
눌수록 좋은 인상을 주는 청년이라는 사실이다. 사
람들은 그가 괴짜에 돌발 행동을 할 것이라 예상하
지만 실제로 만난 그는 예의 바르고 공경심이 있을
뿐 아니라 세련된 언어를 구사하는, 완전한 모범생
이었다.

『악의 꽃』에 서명하여 자신에게 선물한 보들레르를
기쁘게 할 요량으로 생트뵈브가 생각해낸 유일한 칭찬
이 시를 각각 개별적으로 읽었을 때보다 한 권의 시집
에 묶인 상태로 다시 읽으니 한층 낫더라는 말뿐이었다.
그가 정작 시를 직접적으로 분석하는 부분에서는 이중
적으로 해석될 수 있는 '독특한', '날카로운' 등의 수식
어를 사용하고, 더 나아가서는 "그런데 대체 왜 보들레

르는 이 시들을 고대 라틴어나 그리스어로 쓰지 않은 것일까?"라고 묻는다. 프랑스어로 쓴 시에 이 얼마나 대단한 찬사인가! 이러한 보들레르와 생트뵈브의 관계(때로 나는 생트뵈브의 어리석음이 너무나 기가 막혀서 그가 평론가로서의 비겁함을 감추기 위해 일부러 어리석음을 가장하는 것은 아닌지 의심이 들 지경이다)는 프랑스 문학사에서 가장 딱하고, 또 가장 코믹한 것들 중 하나임에 분명하다. 또한 다니엘 알레비 씨가 《미네르브 프랑세즈》에 기고한 놀라운 글에서 생트뵈브가 악어의 눈물을 머금은 채 보들레르에게, "나의 가여운 청년이여, 그대가 고통받았을 것을 생각하면 얼마나 가슴 아픈지!" 같은 위선적인 말들을 했던 것에 대해 나를 위로하고자 썼던 내용을 떠올리면 나를 놀리려 한 것이 분명하다는 믿음이 생긴다.

생트뵈브는 칭찬이랍시고 보들레르에게 다음과 같이 말하기도 했다. "정말이지 당신을 나무라고 싶습니다. 당신은 끔찍한 것들 안에서 진주를 발견하고 미화하는군요. 언젠가 우리가 함께 (다음은 내 기억에 의존하여 인용한다) 바닷가를 산책하게 된다면 내가 발을 걸어 당신을 물에 빠뜨려 수영하는 모습을 보고 싶군요." 여기서 생트뵈브가 연상하는 이미지에 굳이 의미를 부여할 필요는 없다. 진정한 비유가 무엇인지 전혀 감이 없던 그는 주로 사냥터나 바닷가의 이미지만을 관용어구로 이용하곤 할 뿐이었다. 가령 그는 "지금 당장 엽총을 들고 숲으로 뛰어가 닥치는 대로 동물들을 사냥하고 싶다"거나, 어떤 책의 서평을 쓸 때 "이것은 하나의 에칭화에 가깝다"라고 말하기도 한다. 사실 그는 에칭화가 무엇인지조차 알지 못한다. 이렇게 문학을 회화적으로 표현하는 것이 멋지고 세련돼 보일 뿐이다. 그런데 어떻게 다니엘 알레비 씨는(지난 25년간 못 본 사이에 그는 완전한 유명인이 됐다) 잘못 보고 잘못 표현한 자가 생트뵈브 같은 위선적인 문장으로 가득한 어리석은 평론가가 아니라 우리 모두가 아래의 놀라운 시를 빚지고 있는 위대한 시인이라고 생각할 수 있단 말인가!

> 엽서와 판화를 사랑하는 어린이에게
> 우주는 그의 방대한 식욕과 맞먹는다.
> 램프의 불빛 아래 이 세계는 얼마나 큰지
> 이 세계는 얼마나 작은지, 기억의 눈에는.

그러나 이 중에서 가장 걸작은 『악의 꽃』 때문에 보들레르가 재판을 받게 됐을 때, 생트뵈브가 시인의 편에 서서 증언하기를 거부했고, 자신이 보낸 편지를 보들레르가 유리한 자료로 사용하려 한다는 사실을 알게 됐을 때 돌려달라고 요구했던 사실이다. 그보다 한참 후 생트뵈브가 『월요 한담』에 그 편지를 실으면서 굳이 그것을 소개하는 글을 덧붙여(이는 한층 그 편지의 효과를 떨어뜨림에도) "이 편지는 당시 곤경에 처했던 보들레르를 돕고자 썼던 것"이라 밝힌다. 그렇다고 편지에 시인에 대한 특별한 찬사가 포함돼 있지도 않다.

> 시인 보들레르는 수년간 모든 대상에서, 모든 꽃에서 강한 독성을, 인정하건대 상당히 매력적인 독성을 채취했다. 그는 매우 명석했고 매력적이었으며 지인들의 호감을 받기도 했다. 그가 『악의 꽃』을 출간했을 때 그에게 비난의 화살을 던진 자들 중에는 평론가들뿐만 아니라 검사들도 있었다. 사람들은 우아한 운율로 포장된 그의 간접적인 못된 장난이 대중에게 실제로 큰 해악이라도 끼칠 것처럼 생각했다.

(그의 이런 말은 예전에 했던 말, "나의 가여운 청년이여, 그대가 고통받았을 것을 생각하면 얼마나 가슴이 아픈지!"와는 잘 맞지 않는다.) 어쨌거나 자칭 보들레르를 옹호하기 위해 쓴 이 글에서 생트뵈브는 실제로 한 위대한 시인에 대해

언급한다.("모든 사람들로부터 사랑을 받은 한 위대한 시인의 영광에 내가 그 어떤 누도 끼치지 않기를 바라지만, 황제로부터 직접 국가장례식을 하사받기도 한 그 시인은⋯⋯.") 불행히도 그 시인은 보들레르가 아니라 베랑제다. 아카데미 프랑세즈의 심사위원에 대한 야심이 있었던 보들레르는 후보자로 지원했으나 생트뵈브의 만류로 신청을 철회한 바 있다. 생트뵈브는 이에 대해 진심으로 잘한 선택이라고 도닥였고 다음과 같은 말이 보들레르를 기쁘게 할 것이라 믿었다. "아카데미 위원들 앞에 보낸 자네 편지의 마지막 문장을 읽으며 그 안에 담긴 감사의 마음이 가장 적절한 공손함과 겸손함의 표현들과 어우러져 있는 것을 보고 그 자리에 있던 사람들은 입을 모아 동시에 '참 잘 썼군!'이라고 말했다네." 가장 끔찍한 사실은 생트뵈브가 자신은 보들레르에게 진심으로 잘 대해줬다고 믿은 것보다, 아주 작은 인정에도 목말라 하고 어떤 식으로든 정당한 대우를 받기 원했던 보들레르가 생트뵈브의 생각에 진심으로 동조하면서 말 그대로 이 위대한 평론가에게 어떻게 감사의 말을 해야 할지 몰라 쩔쩔맸다는 사실이다.

자신의 가치를 알지 못하는 이런 천재의 이야기가 비록 흥미진진하긴 하지만 우리는 다시 문체의 문제로 되돌아가야 할 때다. 한 가지 분명한 건 문체는 스탕달에게 보들레르에게만큼 중대한 사안이 아니었다는 사실이다. 그는 풍경을 묘사할 때 "이 마법 같은 장소" 혹은 "이 놀라운 장소"라고 하고, 여자주인공에 대해서는 "사랑스러운 여인"이나 "매력적인 여인"으로 묘사를 그치는 데 만족한다. "그녀는 그에게 끝없이 긴 편지들을 보냈다"는 또 어떤가! 하지만 문체의 범위를 확장시켜 생각들의 의도적인 구성이 형성하는 전체적인 무의식적 뼈대도 포함시킨다면 스탕달의 작품에도 문체가 존재한다. 쥘리앵 소렐이나 파브리스 델 동고가 헛된 근심에서 벗어나 본질적이며 풍요로운 삶을 살리라 결심하는 부분에서 매번 주인공들은 상당히 높은 장소에 위치하고 있다는 사실을 증명할 생각만 해도 즐거워진다.(파브리스는 감옥의 탑에 갇혀 있고, 쥘리앵은 블라네스 신부의 관측소에 있었다.) 이는 도스토옙스키의 작품에서 살인자라고 의심되는 자들 앞에서 수태고지의 무릎 꿇은 천사인 양 경건하게 고개 숙여 인사하는 자들만큼 아름답다.

이런 면에서 스탕달은 그 자신도 모르게 위대한 작가였다. 그는 문학을 삶보다 아래에 두었을 뿐 아니라(오히려 문학이야말로 삶이 지향해야 할 목표임에도) 가장 지루한 오락보다도 더 아래에 두었다. 다음이 만약 스탕달이 진심으로 한 표현이라면 그것은 정말이지 경악을 금치 못할 일이다.

몇몇 사람이 나중에 더 왔고, 우리는 밤이 상당히 깊어서야 헤어졌다. 조카는 후식으로 완벽한 자바이오네를 페드로티 카페에서 가져왔다. 내가 새로 가게 될 곳에서는 이런 집을 찾아볼 수 없을 것이라고 친구들에게 말했다. 무료한 저녁시간을 보내기 위해 사랑스러운 산세브리나 공작부인에 대한 이야기를 쓸 것이라는 말도 덧붙였다.

『파르마의 수도원』이 새로운 거처가 충분히 안락하지 못하고, 그토록 맛있는 자바이오네를 구할 수가 없어서 쓰인 소설이라면 말라르메가 말하는, 소위 우주를 구성하는 수많은 무용한 활동들이 결국 도달하게 되어 있는 유일한 시구, 그 필연적인 시의 정반대라고 할 수 있다.

"18세기 말부터 제대로 글을 쓰는 사람을 찾아볼 수가 없다." 그러나 그 반대도 가능하지 않은가? 모든 종류의 예술에서 일반적으로 예술가는 그가 표현하고자

독서

하는 대상과 하나가 되어야 재능이 있다고 인정받는 경향이 있다. 그 둘 사이에 차이가 있으면 완벽하지 않다고 이야기한다. 뛰어난 연주를 하는 바이올리니스트를 보면 우리는 아낌없이 박수를 보낸다. 우리는 주로 연주자의 기교와 재능에 현혹되어 찬사를 보낸다. 하지만 이 모든 것이 사라지게 되면, 즉 예술가가 바이올린이 내는 음악 속으로 완전히 자취를 감추게 되면 그제야 진정한 기적이 발생한다.

과거에는 어떤 대상과 그 대상을 다루는 고귀한 영혼 사이에는 일정한 거리가 유지되었다고 한다. 그러나 플로베르의 경우 지성이 그리 뛰어나다고 할 수는 없지만, 그는 언제나 어떤 증기선이나 이끼의 색, 만의 외딴 섬과 일치되고자 하는 노력을 했다. 그의 글을 읽다 보면 어느새 지성은 사라지고(그것이 비록 플로베르의 대수롭지 않은 지성이라 해도) 독자 앞에는 "파도의 일렁임을 따라 춤추는 목재 더미 사이를 헤치며 나아가는 배의" 모습이 펼쳐진다. 이러한 일렁임은 지성이 표현하고자 하는 대상에 합체되어 모습을 바꾼 것이다. 마찬가지로 지성은 덤불과 너도밤나무, 초목의 침묵과 빛에 합체되기도 한다. 작가가 사라짐으로써 그가 간절히 표현하고자 했던 대상이 실제적으로 독자 앞에 뛰어나오게 하는 것,

이것이 문체를 중요하게 여기는 작가라면 우선적으로 노력해야 할 일 아니겠는가?

하지만 프랑스 씨는 동의하지 않는다. "당신의 기준은 무엇인가?" 그는 앙드레 쇼믹스가 창간한 《르뷔 드 파리》를 축하하기 위해 그 첫 호에 실은 기사에서 소리 높여 묻는다. 이어서 그들의 기준에 의하면 더 이상 글쓰기를 제대로 할 줄 모르는 우리가 배워야 할 몇몇 작품들을 제안한다. 그중에는 장 라신의 『상상 속 이교도 작가에게 보내는 편지』도 있다. 나는 '기준'이라는 개념 자체를 문학에서 거부한다. 다양한 생각들을 하나의 획일적인 문체에 가두는 것을 의미하기 때문이다. 그럼에도 만약 하나를 반드시 선택해야 한다면, 그리고 프랑스 씨가 강조했던 것처럼 지나치게 억누르지 않는 것들 중에 하나를 고른다면, 나는 절대로 『상상 속 이교도 작가에게 보내는 편지』를 택하지는 않을 것이다. 이보다 더 무미건조하고, 공허하고, 단순한 글이 또 있을까! 그토록 생각 없이 속이 비어 있다 보니 형태 또한 가볍고 경쾌할 수밖에 없지 않은가.

그런데 우습게도 『상상 속 이교도 작가에게 보내는 편지』는 가볍지도, 경쾌하지도 않다. "저는 당신이 포르루아얄 소속이라고 믿지 않습니다. 그의 편지를 읽었던 얼마나 많은 사람들 이 그가 포르루아얄 소속이 아니라고, 다른 사람들도 그렇게 생각하지 않는다고……" 혹은 "샤미야르 씨가 놀랐다는 듯이 행동하자 당신은 그에게 그가 놀라움의 표현으로 쓴 대문자 O가 사실은 소문자 o를 숫자로 표현한 것에 불과하다고 응수하면서 스스로가 무슨 대단한 표현이라도 발견한 것처럼 기뻐하지요. 당신이 재치 있는 사람으로 보이고자 애쓰는 것이 다 보입니다." 라신의 이 같은 반복적인 단어 사용은 생시몽의 도약하는 문장을 막을 수는 없을 것이다. 대체 이 글의 어디에 도약이, 아름다움이, 문체가 있단 말인가? 정말이지 이 편지들은 라신이 부알로와 의학에 관한 의견을 주고받은 편지들만큼이나 형편없다. 부알로의 속물주의(오늘날에는 상부에 대한 공무원의 지나친 복종이라 했을 것이다)가 얼마나 심했는지 그는 의사들의 진단보다 루이14세의 의견(사실 선왕은 현명했던지라 부알로에게 의학적 조언을 삼갔다)을 더욱 신뢰할 지경이었다. 그는 룩셈부르크를 취하는 데 성공한 왕은 '신의 계시'를 받았으며, 오로지 정확한 신탁만을 전할 수밖에 없다고 믿었던 듯하다. 설령 그것이 의학적인 판단에 관한 것일지라도 말이다.(필립 도를레앙 공에 대한 나의 스승들, 레옹 도데와 샤를 모라스, 하물며 그들의 라이벌인 자크 뱅빌조차도

서면으로 도를레앙 공에게 의학적 조언을 구하지는 않을 것이라 확신한다.) 한발 더 나아가 부알로는 왕이 안부를 물어봐 주기만 한다면 그 누가 목이 아픈 것쯤이야, 아니 목소리를 잃는 것쯤이야 두려워하겠는지 묻는다.

이와 같은 글쓰기는 당시 시대적 특성을 반영할 뿐이라고, 혹은 서간체에서 으레 발생하는 문체일 뿐이라고 옹호하지 않기를 바란다. 그리 먼 곳까지 살피지 않더라도 당장 1673년의 어느 수요일(12월이었다고 기억한다), 다시 말해 1666년 라신이 『상상 속 이교도 작가에게 보내는 편지』를 썼던 시기와 1687년 그가 부알로와 서신을 주고받던 시기 사이에 세비네 부인은 마르세유에서 다음의 편지를 쓴다.

나는 이 도시가 내뿜는 특별한 아름다움에 매료되었단다. 어제 날씨는 경이로웠지. 바다와 농가와 산과 시내를 내려다보았던 장소는 그야말로 놀라웠단다. 어제 그리냥 백작을 맞으러 방문 온 기사들의 무리란…… 이미 알고 있던 이름들, 생테렘 가족들, 탐험가들, 검, 화려한 모자, 전쟁을 표현한 그림의 모델이 되기 위해 존재하는 것만 같은 인물들, 소설, 출항, 모험, 사슬, 쇠, 노예, 억류, 속박…… 내가 소설

을 좋아하는 걸 알잖니? 그 모든 것들이 나를 전율시
키더구나.*

물론 이는 내가 원래 좋아하는 세비네 부인 특유의
문체가 드러나는 편지는 아니다. 그럼에도 이 글의 구
성, 색채감, 다양성. 이 모든 것을 통해 위대한 작가인
그녀는 한 편의 놀라운 회화 작품을 완성했다. 이 글은
그 자체로 놀라우며, 나는 이를 세비네 부인이 그리냥
가족을 통해 또 다른 가족 관계를 맺게 된 것을 더없이
자랑스럽게 여긴(그녀는 그 사실을 얼마나 반복해서 강조했던
가) 집안의 후손이자 나의 친구인 카스텔란 후작에게 바
치고자 한다.

이런 아름다운 글에 비하면 그 전에 언급했던 빈약
한 편지들은 아무 의미가 없다. 그러나 부알로가 형편
없는 편지를 썼다고 위대한 시인, 때로는 감미롭기까지
한 시인이 될 수 없다는 말은 아니다. 라신의 경우, 천재

---

* 17세기 프랑스의 세비네 후작부인은 딸이 그리냥 백작과 결혼하여 남
부 프로방스에서 살게 되자 딸에게 꾸준히 편지를 쓴다. 30여 넌간 쓴 편지
1,700통은 세비네 부인이 사망한 후 출간된다. 이는 프랑스 문학사에서 가
장 유명한 편지들로 꼽히며 이후 유행하게 되는 서간문 소설의 기폭제가 된
다. 프루스트는 고전주의 시대에 쓴 세비네 부인의 현대적 문체에 감탄한다.

성이 한 차원 높은 지성의 지휘하에 내부에서 몸부림치고 있었다. 격렬하게 소용돌이치는 감정과 이에 대응하는 이성이 내는 수천수만의 목소리를 비극 작품들에 표현하는 것을 가능하게 한 것도 그의 이런 천재성이었다. 하지만 『페드르』의 곳곳에 등장하는 놀라운 역동성으로 가득 찬 고백 장면(상대방이 언짢은 기색을 내비치는 순간 즉시 거둬들이는 고백, 명백한 표현에도 불구하고 상대방이 제대로 알아듣지 못했다고 생각하면 어김없이 다시 반복하는 고백, 애매모호한 표현들로 상대방을 실컷 혼동시킨 다음에는 되돌릴 수 없을 정도로 직설적으로 내뱉는 고백 등)을 접한 바 있는 우리는 같은 작가가 썼다고는 생각할 수도 없는 『상상 속 이교도 작가에게 보내는 편지』를 펼치며 실망감을 감출 수 없다. 반드시 한 가지 '기준'을 선택해야 한다면 비록 프랑스 씨가 언급했던 "글을 제대로 쓰는 작가가 사라진 시대"의 것이기는 하지만 제라르 드 네르발이 알렉상드르 뒤마에게 헌사했던 서문(비록 그가 반미치광이 상태에서 쓴 것이기는 해도)으로 눈길을 돌려본다.

그의 시는, 그것이 가능한지 모르겠으나, 설명하는 순간 매력을 잃을 것이다. 그럼에도 내가 시도라도 해보고자 하는 것을 허락하길. 내게 남아 있는 마지막 광기는 나 자신을 시인이라 믿는 것일 테니. 나를 치료해줄 수 있는 자는 오로지 평론가들뿐.

바로 이것이 '기준'의 시각으로 봤을 때 잘 쓰인, 아니 훨씬 더 잘 쓰인 글 아니겠는가! 하지만 나는 그 어떤 '기준'도 원하지 않는다. 정말 중요한 사실은(모든 것을 다른 사람보다 훨씬 더 잘 알고 있는 프랑스 씨는 이 사실도 이미 잘 알고 있다) 때때로 뛰어난 새로운 작가가 실제로 나타난다는 사실이다.(원한다면 이들을 장 지로두 혹은 폴 모랑이라고 이름 붙일 수도 있다. 이유는 모르겠으나 사람들은 언제부턴가 항상 모랑을 지로두와 비교하곤 한다. 『샤토루의 밤』에서 나투아르와 팔코네가 전혀 닮지 않았는데도 비교되는 것과 마찬가지다.) 이런 새로운 작가는 대개 읽기가 피곤하고 이해하기가 힘든 법이다. 이들은 새로운 관계를 통해 대상들을 연결하기 때문이다. 독자는 문장의 첫 반 정도는 잘 따라가다가도 곧 미궁으로 빠진다. 그와 동시에 새로운 작가가 독자보다 한층 더 날렵하다는 사실을 감지한다. 독창적인 작가는 독창적인 화가와 같은 운명을 지닌다. 초기에 르누아르가 그린 그림들 앞에 선 사람들은 그가 무엇을 표현한 것인지 알아보지 못했다. 그런데 오늘날에는 그가 18세기 화가들 같은 정신을 가졌다고 쉽게들 말한다. 이렇게 말하는 순간 우리는 시간이라는 요소를 잊는다. 19세기 중반에조차 르누아르를 위대한 예술가로 인정하기가 어려웠었다는 사실을 잊는 것이다. 위대한 화가, 위대한 작가는 성공하기 위해서 안과의와 같은 방식으로 접근한다. 회화, 문학을 통한 위대한 예술가의 처방은 그리 기분 좋다고만은 할 수 없다. 일을 다 끝낸 다음에 그들은 환자에게 말한다. "자, 이제 한번 보시지요." 그 순간 이 세계는 한 번이 아니라 매번 새로운 예술가가 나타날 때마다 창조가 되어 과거의 것과는 완전히 다른 모습으로, 너무나도 선명하게 보인다.

우리는 르누아르, 모랑, 지로두의 여인들을 좋아한다. 그런데 그들이 보여주기 전에는 그런 여인들이 존재하고 있었다는 사실조차 알려고 하지 않았다. 첫째 날에는 숲이라고는 전혀 생각되지 않았던 곳, 그저 다양한 뉘앙스로 가득한 양탄자라고만 생각되던 곳이 이제는 우리가 너무나 좋아하고, 산책하고 싶은 숲이 되었다. 바로 이런 것이 독창적인 예술가가 창조한 세계로 또 다른 새로운 독창적인 예술가가 등장할 때까지 유지될 새로우며 소멸하기 마련인 세계다. 이에 대해 덧붙이고자 하는 말은 무한대로 많다. 하지만 독자는 이미 내가 말하고자 한 바를 짐작했을 테고, 「클라리스」, 「오로르」, 그리고 「델핀」을 읽으며 나보다 더 잘 표현할 수 있으리라 믿는다.

모랑에게 한 가지 유일하게 이의를 제기할 점이 있다면, 그가 사용한 이미지들 중에는 불가피하지 않은 것들이 간혹 등장한다는 점이다. 모든 필요 없는 이미지들은 사라져야 한다. 물은 (일정한 조건하에서) 섭씨 100도에 끓는다. 98도나 99도에서는 아무 일도 발생하지 않는다. 즉 불필요한 이미지를 끼워 넣느니 아예 없는 편이 낫다. 바그너나 베토벤을 전혀 알지 못하는 사람을 피아노 앞에 6개월간 앉혀 놓는다고 해서 그의 손가락 끝에서 바그너의 〈발키리〉 속 봄의 제전이나 베토벤의 현악사중주 15번을 지배하는 전기 멘델스존적인 악절 (아니 차라리 후기 멘델스존적이라고 함이 정확할 듯하다)이 태어날 순 없을 것이다. 샤를 페기가 살아 있는 동안 한 가지를 열 가지 다른 방법으로 표현하고자 애썼던 것에 대해 사람들이 비판했던 것과 같은 이치다. 그것을 말할 수 있는 방법은 한 가지 뿐인데. 그의 영웅적인 죽음은 모든 것을 사라지게 했다.

우리의 미노타우로스 모랑이 빠져나오고자 했던 그의 '거대한 궁전'—방금 전에 내가 언급했던 『페드르』

의 고백 장면에서 등장하기도 한 그 궁전—은 물론 다 이달로스보다는 훨씬 덜 뛰어난 건축가들에 의해 지어진 프랑스나 외국의 궁전들로 보인다. 그곳에서 그는 소매가 날개처럼 풍성한 긴 가운을 입고 라비린토스에 내려올 만큼 조심성이 없는 여인들을 노리고 있다. 나는 모랑만큼 화려한 궁전들을 알지 못하고 '민망함만을 안겨줄 뿐' 아무 도움도 되지 못한다. 하지만 만약 그가 프랑스 대사가 되어 영사였던 스탕달과 경쟁하게 된다면, 그리고 그 전에 잠시 시간을 내어 발베크의 그랑호텔을 방문한다면 나는 기꺼이 그에게 마법 실타래를 빌려줄 것이다.

> 나예요, 왕자여. 내가 그대에게
> 미로에서 빠져나갈 수 있는 길을 알려주었어요.*

1920년 《르뷔 드 파리》

---

* 마지막 두 행은 라신의 『페드르』에서 발췌한 것으로 바로 위 문단, '거대한 궁전'과 '민망함만을 안겨줄 뿐' 또한 같은 작품에서 인용한 표현이다.

독서의 나날

당신은 아마도 보아뉴 백작부인의 『회고록』을 읽어보았을 것이다. 요즘에는 '아픈 사람들'이 어찌나 많은지 책 읽을 시간을 발견한 독자들, 더구나 여성 독자들조차 증가하는 추세다. 물론 외출하거나 친구 집에 갈 수 없는 환자라면 독서하며 시간을 보내기보다는 누구라도 찾아오는 쪽을 더 반길 것이다. 하지만 요즘처럼 '유행병이 활개 치는' 시기에는 친구나 이웃의 방문조차도 위험하지 않은 건 아니다. 문지방에서 이웃 여인은 잠시 멈추었다가 큰 소리로 당신을 향해 말한다. "예전에 유행성 이하선염이나 성홍열에 걸리신 적이 있으시죠? 제 딸아이와 손주 녀석들이 최근에 앓았답니다. 그건 그렇고 잠시 좀 들어가도 될까요?" 그녀는 당신이 답할 새도 없이 들이닥친다. 또 다른 조금 덜 솔직한 여인은 손목시계를 흘끗 보고는 말한다. "이런, 정말 아주 잠시밖에 시간이 없겠어요. 제 세 딸이 홍역을 치르고 있거든요. 첫째네 집에서 나오는 길인데 이제는 둘째네를 들러야 한답니다. 영국인 하녀는 어제부터 열이 나 누워 있어서 아무 도움도 안 되거든요. 저도 옳은 거나 아닌지 모르겠어요. 오늘 아침에 일어날 때 몸 상태가 조금 좋지 않았는데 말이죠. 그래도 부인을 보러 이렇게 부지런히 나왔답니다."

그래서 우리는 방문객을 달가워하지 않게 된다. 그리고 항상 전화기를 붙들고 있을 수도 없는지라 독서를 하게 된다. 거의 어쩔 수 없이 책을 읽게 되는 것이다. 처음에는 전화를 많이 한다. 우리는 그것이 지닌 신비로움에 무관심한 채 신성한 마법의 힘을 가지고 노는 아이처럼 전화가 그저 '편한 도구'라고 여길 뿐이다. 아니, 차라리 우리는 너무 부족함 없이 자란 아이라서 전화가 '불편한 도구'라고 투덜거리며 갑자기 이야기를 나누고 싶어진 친구와 통화 연결이 되기까지 몇 분이 소요되는 것이 오늘날과 같이 모든 것이 빠르게 돌아가는 사회에서는 너무 느리다고 《피가로》지의 의견란에 불평을 늘어놓기도 한다. 다른 마을에 살며 지금 이곳 하늘과는 다른 하늘 아래서 우리가 알지 못하는 생각이나 소일거리를 하던 그 친구가 보이지는 않지만 우리의 한쪽 귀에 선명하게 나타나는 마법이 우리의 변덕을 즉각

만족시키기에는 충분히 빠르지 않다고 여긴다. 당신은 동화 속에서 마법사에게 소원을 빌어 책을 읽고 있거나 눈물을 흘리고 있거나, 혹은 꽃을 따고 있는 약혼녀를 실제 장소에서 떠나게 하지 않은 채 당신의 눈앞에 연기처럼 나타나게 하는 마법을 경험하는 주인공이 된다.

이와 같은 기적을 재생산하기 위해서 당신은 그저 작은 수화기에 입술을 갖다 대고 언제나 목소리만 듣되 결코 얼굴을 볼 수 없는 여성 전화교환원에게 말하기만 하면 된다. 그녀들은 현기증 나는 미지의 세계의 문을 굳건히 지키는 우리의 수호천사들로, 그들을 통해 우리의 친구, 가족, 이웃은 보이지 않은 채 우리 앞에 튀어나온다. 이러한 비가시적 세계의 다나이드들이 소리의 항아리를 채우고, 전달하고, 비우기를 끊임없이 반복하는 동안 우리는 멀리 떨어진 연인에게 사랑을 속삭이기도 하는데 이때 난데없이 엉뚱한 목소리가, 마법사의 짜증난 조수이자 완벽한 여신들인 우리의 전화교환원이 "네, 말씀하세요!"라고 끼어들기도 한다. 환영들로 가득한 밤을 뚫고 교환원이 우리의 전화를 연결해주는 순간 무언가 딸깍하는 추상적인 소리, 추상적인 소리, 즉 증발한 거리감의 소리에 이어 우리가 기다렸던 목소리가 마침내 한 쪽 귀에 도달한다.

만약 전화를 하는 그 순간 상대가 머물고 있는 방 창문 너머로 어느 행인의 노랫소리나 자전거의 벨 소리, 혹은 조금 더 멀리서 행진하는 군대의 나팔 소리가 수화기를 통해 당신 귀에까지 선명하게 전달된다면(그녀 자신을 포함해서 그녀를 둘러싸고 있는 모든 것, 그녀에게 들리고 그녀의 주의를 흐트러뜨리는 모든 것이 당신 곁으로 온다는 것을 증명이라도 하듯)—대화의 소재와는 전혀 무관한, 불필요한 디테일들이지만 지금 당신 앞에서 벌어지고 있는 기적을 뒷받침하는 필수 불가결한 증인들—이러한 지역적 특색을 드러내는 소박하고 매력적인 요소들, 그녀의 집 앞을 지나는 시골길 등은 시인이 어떤 인물을 규정짓고자 할 때 그 인물이 속한 환경을 묘사하는 것과 같은 역할을 한다.

　그녀는 당신 옆에 있고, 그녀의 목소리는 당신에게 말을 건다. 그럼에도 그녀는 얼마나 멀리 있는지! 내 귓가에 그녀의 목소리가 울림에도 그녀를 볼 수 없다는 사실에 나는 얼마나 많은 순간 두려움에 떨었던가! 이는 곧 내가 다른 이들과 매우 가깝다는 느낌을 받는 것이 얼마나 어리석은지를, 사랑하는 존재가 바로 내 옆에 있어서 손만 뻗으면 닿을 수 있다고 믿지만 사실은 우리 사이에 얼마나 먼 거리가 존재하는지를 증명하는 것 아닌가⋯⋯. 그토록 가까운 목소리를 통한 사실적 존재, 그럼에도 실제적 거리감이란. 하지만 보다 더 두려운 것은 이것이 영원한 이별을 예고하기 때문이다. 이런 방식으로 그녀의 얼굴을 보지 못한 채 그저 멀리서 전해오는 그녀의 목소리를 들으며 나는 그 목소리가 다시는 올라오지 못할 심연에서부터 퍼져오는 듯한 느낌을 받곤 했다. 그와 동시에 언젠가는 내가 다시는 보지 못할 육신으로부터 자유로워진 목소리만이 올라와 내 귀에 사랑을 속삭이면 나는 영원히 흙으로 돌아가 버린 그 입술을 애타게 그리워할 모습에 얼마나 자주 불안에 떨었던가.

책을 들기 전에 이렇듯 우리는 수다를 떨고 싶고, 전화를 걸고, 이 번호 저 번호 누르게 된다. 하지만 때로 밤의 여인들, 메시지의 전달자들, 얼굴 없는 여신들, 변덕스러운 문지기들은 보이지 않는 세계의 문을 열어주지 않거나 열어줄 수가 없다. 그들의 명령에도 문은 꿈쩍 않는다. 인쇄술의 위대한 발명가, 그리고 인상주의 회화와 경주용 자동차를 사랑한 젊은 귀족―구텐베르그와 바그람*―은 그들의 애타는 부름에도 대답을 주

* 구텐베르그와 바그람은 당시 파리의 두 전화 교환 회사다.

지 않는다. 이렇듯 방문을 할 수도, 받을 수도 없고, 전화교환원들도 통화를 연결해주지 않으면 그제야 우리는 체념하고 독서를 하게 된다.

몇 주만 기다리면 우리는 노아유 부인의 새 시집, 제목이 그대로 유지될지는 모르겠지만,『경탄』을 읽을 수 있을 것이다. 이 작품은 앞서 출간한 훌륭한 다른 두 시집 – 내가 보기에 그녀의『셀 수 없는 가슴』과『나날의 그림자』는『가을 낙엽』과『악의 꽃』만큼 뛰어나다 – 보다 한층 더 뛰어나다. 그녀의 새 시집이 출간되기를 기다리며 배리 경이 쓰고 R. 뒤미에르가 훌륭하게 번역한『마거릿 올지비』 – 시인이자 작가인 아들에 의해 서술된 한 시골 여인의 삶 – 을 읽을 수도 있겠다. 하지만 아니다. 일단 독서를 하기로 결심한 이상 우리는 보아뉴 부인의『회상록』을 선택한다. 이 책은 우리가 아직 태어나지도 않은 루이16세 시대에 살았던 사람들을 방문하고 있는 듯한 인상을 준다. 그런데 책에 등장하는 사람들을 당신은 정말로 잘 알고 있는 듯한 느낌을 지울 수 없는데 그것은 그 인물들이 당신의 친구들과 같은 성姓을 가지고 있기 때문이며 당신의 신통치 않은 기억력을 배려하면서까지 선조들과 같은 이름, 가령 오동, 지슬랭, 니브롱, 빅튀리앵, 조슬랭, 레오노르, 아르튀스, 툭

뒤엘, 아데옴, 레눌프 등으로 불리길 선택했기 때문이다. 이 이름들에 행여나 터져 나오는 웃음을 참지 못한다면 참으로 어리석은 행동이다. 오랜 과거에서 기원한 이 이름들은 신비한 광채를 발하며 성당의 스테인드글라스에 그 첫 글자가 새겨진 성인들 및 예언자들의 이름과 같은 마력을 갖는다. 즈앙이라는 이름은 물론 현대적인 이름과 더 닮았지만 중세의 뛰어난 장인이 붓을 진귀한 자주색이나 청록색 잉크에 찍었다가 쓴 기도서에서나 볼 수 있는 고딕체가 가장 잘 어울리는 이름처럼 느껴지지 않는가? 그런 이름들 앞에서 세속적인 사람들은 몽마르트르에서 유행하는 다음 노래를 흥얼거릴 수도 있겠다.

> 브라강스?! 그런 녀석을 우린 알고 있지.
> 저가 얼마나 잘났으면
> 그런 빌×××이름을 지었대!
> 그냥 좀 평범한 이름이면 안 돼?!

하지만 진정한 시인은 이런 조롱에 동조하지 않고 그런 이름들이 그에게 열어준 과거에 눈길을 돌려 베를렌과 함께 이렇게 답할 것이다.

나는 많은 것들을 보고 듣는다
그의 카롤링거 시대 이름을 통해.

매우 먼 과거임이 분명하다. 전통에 특별히 애착을 갖는 몇몇 가족 덕분에 우리에게까지 전해지는 이 같은 드문 이름들이 사실 과거에는 강도에서부터 귀족에 이르기까지 찾아볼 수 있는 매우 흔한 이름이었다고 생각하면 즐거워진다. 이런 이름들은 환등기를 통해 벽에 투사되는 어린이를 위한 순박한 그림들에서 푸른 수염의 영주나 높은 탑 위의 귀족 여인뿐만 아니라 그 아래서 밭일을 하는 농부와 저 멀리 사라져가는 말 탄 기사의 모습도 보여준다.

물론 그들의 이름을 통해서 받게 된 중세적인 인상은 그 이름을 가진 사람들과 가까워지면, 특히 그 당사자가 자신의 이름에 담긴 시적인 감성을 간직하지도, 이해하지도 못하는 이들이라면 금방 지워질 수 있다. 하지만 우리는 과연 사람들에게 자기 이름에 걸맞게 사고하고 행동하길 요구할 수 있을까? 그 어떤 아름다운 국가나 도시, 강조차도 그것의 이름이 우리에게 불러일으켰던 동경과 욕망이 직접 가서 방문했을 때 실망으로 바뀌지 않기가 힘든데 말이다. 가장 현명한 행동은 모든 사교계와 여행에 발길을 끊고 그 대신 인명 연감과 기차 시간표를 훑어보면서 지내는 것이리라.

18세기 말에서 19세기 초에 집필된 회고록들이 특별한 이유는 물론 보아뉴 백작부인의 것도 그렇지만, 이런 과거를 역사의 맨 앞으로 끌어당기면서 이토록 아름다움이 결여된 현재에 어느 정도 고풍스럽고 애수에 찬 시각을 부여한다는 점이다. 그 시대의 회고록들은 우리가 직접 알고 있거나 우리의 부모님이 알고 있는 사람들에서 그들의 부모들로 연결되는 것을 가능하게 한다. 그들의 부모들은 이러한 회고록을 직접 썼거나 아니면 그 속에 언급되는 인물들로 마리 앙투아네트가 지나가는 모습과 프랑스 대혁명을 목격한 이들이다. 이렇게 되어 우리가 두 눈으로 직접 보았던 사람들은 박물관 전시장의 맨 앞쪽에 진열되어 있는 실제 사람 크기의 밀랍 인형과 동일한 역할을 한다. 그 인형들은 진짜 잔디 위에 서 있고 실제 상점에서 산 진짜 지팡이에 기대어 서 있어 어찌나 진짜 같은지 관람객 무리의 일부인 듯한 착각이 들게 한다. 그들은 점점 더 그들 뒤에 그려진 배경 세트에까지 시선을 이끌고 그 과정이 얼마나 자연스러운지 우리는 곧 밀랍 인형에 이어 배경도 실제인 것 같은 착각을 일으킨다.

보아뉴 부인은, 그녀의 말에 따르면 어렸을 때 루이 16세와 마리 앙투아네트의 무릎 위에서 많은 시간을 보냈다고 하는데, 나는 어렸을 때 가곤 했던 무도회에서 이런 보아뉴 부인의 조카이자 여든이 넘은 마이에 공작 부인을 여러 차례 보았다. 그때 조카는 이미 여든이 넘었음에도 풍성한 회색 머리를 어찌나 위로 높게 올리고 있었는지, 그 모습이 높은 가발을 쓴 채 재판을 진행 중인 판사 같았다. 또한 나는 부모님이 보아뉴 부인의 조카인 도스몽 씨와 종종 저녁 식사를 함께 하던 모습을 기억한다. 보아뉴 부인은 도스몽 씨에게 자신의 회고록을 헌사한 바 있고, 나는 예전에 부모님의 서류함에서 그의 사진과 더불어 그가 부모님에게 보냈던 많은 편지들을 본 적도 있다. 그래서 자연스럽게 내가 기억하는 최초의 무도회는 부모님이 해주신 흐릿하긴 하지만 분명히 존재했던 이야기들과 섞여 보이지 않는 끈에 의해 보아뉴 부인이 참석했던 최초의 파티들에 관한 기억과 연결된다. 이와 같은 연결고리는 역사적 관점에서 보면 그리 중요하지 않은, 오히려 자질구레한 관계의 망에 불과하지만 그럼에도 시적인 아름다움을 갖는다. 이는 너무 멀어져 버린 과거에 현재가 손을 내민 징검다리이며 삶을 역사에 연결시킴으로써 역사에 생명력을 불어

넣고 현재에 역사성을 부여한다.

애석하게도 벌써 내게 할당된 지면을 다 채워버렸는데 정작 써야 할 사설은 시작도 못 했다. 내가 구상한 사설의 제목은 '속물주의와 후세'였으나 이 글에 속물주의에 대해서도, 후세에 대해서도 한마디도 하지 않은 이상 이런 제목을 붙일 수는 없는 일이다. 얼핏 보아서는 이 두 주제가 전혀 어울리지 않는다고 생각할 수 있으나 이는 보아뉴 부인의 회고록을 읽으면서 생각하게 된 것들로 그것에 대해 이야기하고 싶었다. 아무래도 다음 기회로 넘겨야 할 것 같다. 그때 행여 다시 유령들이 나타나 꿈에서 종종 그러듯 내 의도와 행동 사이에 끼어들어 방해한다면 나는 '살아갈 수 있는 몸, 아니면 무덤'을 달라고 간청하던 그림자들을 오디세우스가 칼을 휘둘러 쫓아버린 것처럼 그 유령들을 용감히 물리치겠다.

오늘 나는 내 생각의 투명한 표면 바로 아래에서 떠다니며 위로 튀어나올 구실을 찾던 이미지의 부름에 저항할 수가 없었다. 나는 유리 부는 장인이 성공하는 부분에서 실패한 셈이다. 유리 장인은 자신의 꿈을 끄집어내 그것이 모습을 나타냈던 바로 그 형태로, 투명하고 매끈한 재질 속에 고정시킨다. 때때로 순간적으로 변하는 광채는 그가 지금 다루고 있는 것이 살아 있는 생각 덩어리라고 믿게 하기도 한다. 마치 고대 그리스 조각가의 손에 의해 바다에서 건져 올려진 네레이데스들이 대리석으로 조각된 파도 위에 놓이게 된 순간에도 그 요정들은 자신이 여전히 바다에서 헤엄치고 있다고 믿게 하는 능력과 같은 것이다. 이 부분에서 나는 잘못했다. 다시는 이런 일이 없을 것이다. 다음에는 반드시 속물주의와 후세에 대해 이야기하겠다. 혹시 어떤 잡념이, 주제와는 상관없는 여담이 끼어들 낌새가 보이면 그때는 정말로 나를 좀 내버려두라고 이렇게 말할 것이다. "아가씨, 우리의 대화를 끊지 마세요. 지금 이야기 중입니다!"

1907년 《피가로》

잃어버린 시간을 찾아서

프루스트가 설명하는
『스완네 집 쪽으로』

저는 우선『스완네 집 쪽으로』라는 책 한 권을 출간합니다. 하지만 이 책은『잃어버린 시간을 찾아서』라는 제목을 갖는 긴 소설의 첫 번째 권에 불과합니다. 물론 저는 완간된 형태의 소설을 한 번에 발표하기를 바랐습니다만 오늘날 이렇게 긴 책을 한꺼번에 출간하는 것은 어려운 일입니다. 저는 마치 요즘 아파트에 넣기에는 너무 큰 양탄자를 가지고 있어서 그것을 어쩔 수 없이 잘라버린 사람과 같은 처지입니다.

요즘 젊은 작가들은, 저는 그들에게 깊은 애정을 갖고 있습니다만, 그들은 오히려 간단한 이야기와 적은 수의 인물들을 선호합니다. 이는 제가 생각하는 소설은 아닙니다. 어떻게 설명해야 할까요? 아시다시피 기하학에는 평면 기하학과 공간 속에서의 기하학이 존재합니다. 자, 그렇다면 제게 소설은 평면 심리학이 아닌 시간 속에서의 심리학과 같습니다. 저는 시간이라는 보이지 않는 본질을 끄집어내고자 했고, 그걸 가능케 하기 위해서는 그 경험이 지속성을 띠어야 했습니다. 제 소설의 마지막에는 첫 번째 권에서 완전히 다른 세계에 속했었던 두 인물이 결혼하는 것과 같은 사소한 사회적 사건을 통해 시간이 흘렀다는 사실을 드러낼 수 있기를 바랍니다. 마치 베르사유 궁전에 가면 볼 수 있는, 시간의 흐름에 의해 에메랄드로 덧입혀진 듯한 아름다움을 띠는 녹슨 납 장식품들처럼 말입니다.

굽은 선로를 따라가는 기차 안에서 오른편에 보였던 마을이 어느새 왼편에 와 있는 것처럼, 보는 방식에 따라 소설 속 동일한 인물이 갖게 되는 다양한 모습들은 그가 마치 완전히 다른 인물인 것처럼 여겨지게 하고, 그로 인해 정말로 시간이 흘렀음을 깨닫게 하는 효과를 거둘 것입니다. 그렇게 되어 이번 권에서 등장하는 몇몇 인물들은 실제로 보이는 것과는 얼마나 다른지, 그가 어떤 인물이라는 이웃들의 믿음과는 얼마나 다른지, 나중에야 드러날 것입니다. 이런 발견은 사실 살면서 종종 접하기 마련입니다.

발자크의 소설에서 동일한 인물들이 다른 작품에도 다시 등장하는 것처럼 같은 인물이 다른 양상을 한 채 나타나기도 하고, 한 인물에게서 거의 무의식적인, 내

재되어 있던 상이한 인상들이 깨어나는 과정을 보게 될 것입니다.

이런 측면에서 보면 제 소설은 일련의 '무의식에 관한 소설들'을 다룬 이론서라고 할 수도 있겠습니다. 제가 원했다면 '베르그송 식의 소설들'이라고 홍보했을 수도 있었겠지요. 당연한 얘기지만 어느 시대에나 문학은 당대에 유행하는 철학을 따르기 마련이니까요. 하지만 그 표현은 제 소설에 적합하지 않습니다. 왜냐하면 제 작품은 의도적 기억과 비의도적 기억의 차이에 관한 것이기 때문이죠. 이런 차이는 베르그송 철학에서는 다루지 않을뿐더러 오히려 그에 반대되는 입장을 취하고 있습니다.

제 생각에 의도적 기억은 지성과 눈에 의한 기억으로 우리의 과거에 대해 진실이 결여된 측면만을 보여줍니다. 하지만 완전히 다른 환경에서 되찾은 어떤 냄새나 맛은 우리 내부에 있는, 우리가 어찌할 수 없는 과거를 필연적으로 깨워냅니다. 이렇게 되찾은 과거는 기억한다고 믿던 과거, 즉 서투른 화가가 진실이 결여된 색깔로 그린 것처럼 우리의 의도적 기억이 묘사한 과거와 얼마나 다른지를 깨닫게 만듭니다. 이번에 출간하는 제 책의 첫 권에서 여러분은 이야기를 서술하는 '나'(물론 여기서 '나'가 저 자신은 아닙니다)라는 인물이 잃어버린 시간들, 정원들, 사람들을 따뜻한 차에 적신 마들렌 한입 안에서 일순간에 되찾게 되는 장면을 보게 됩니다. 물론 그는 그러한 것들을 기억하고 있었지만 본래의 색채와 매력을 잃은 상태로였습니다. 매우 작게 접힌 종잇조각을 물에 담그는 순간 즉시 펼쳐지고 길어지며 꽃, 사람 등의 형상이 나타나는 일본 놀이처럼 그의 정원에 있던 모든 꽃들과 비본강의 수련들과 동네 사람들과 집과 교회와 콩브레와 그 주변이 제대로 형태를 갖춘 채 그의 찻잔에서 튀어나옵니다.

이렇듯 예술가는 작품의 주요 재질을 비의도적 기억에서만 찾아야 한다고 믿습니다. 우선 비의도적이기 때문에 그런 기억들은 스스로 형성되며 유일하게 진정성을 띱니다. 그리고 비의도적 기억은 잃어버린 과거를 기억과 망각의 가장 적절한 조화 속에서 소생시킵니다. 마지막으로 비의도적 기억은 과거에 경험했던 동일한 감각을 현재의 전혀 다른 상황에서 다시금 맛보게 하기 때문에 이렇게 부활한 감각에 필연성과 시간을 초월한 본질을 부여합니다. 시간으로부터 자유로운 이러한 본질은 바로 아름다운 문체의 근간이자 오로지 문체의 아름다움만이 재현할 수 있는 범인류적이며 필연적인 진리입니다.

이렇게 제 책에 관해서 이성적으로 사고하면 할수록 저는 이 책이 이성적인 책이 아니라는 확신이 듭니다. 이 책의 매우 사소한 요소들조차 저의 감수성이 제게 제공한 것입니다. 제 안에 그러한 요소들이 존재함을 발견했을 때 처음에는 그것이 무엇인지도 몰랐고, 이성의 세계와는 완전히 동떨어진 그런 존재 자체를 무언가 이해할 만한 표현으로 구현한다는 것이 불가능해 보였습니다. 미묘한 뉘앙스의 차이에 불과한 것 아니냐고 의문을 제기할 수도 있다는 것을 압니다. 하지만 이는 오히려 본질에 관한 문제입니다. 우리가 직접 밝히지 않은 것, 우리 이전에 먼저 밝혀졌던 것, 이러한 것은 진정으로 우리의 것이 아닙니다. 그것이 실재인지조차 우리는 모릅니다. 그러한 것들은 우리가 그저 우연히, 임의적으로 선택한 것에 불과합니다. 문체가 그러한 사실을 드러냅니다.

문체는 몇몇 사람들이 생각하는 것처럼 그저 미사여구에 불과한 것이 아닙니다. 문체는 기술적인 문제조차도 아닙니다. 문체는 화가들에게 있어 색과 마찬가지로 세상을 보는 방식이자, 다른 사람에게는 보이지 않고 오로지 각자만이 보는 고유의 우주를 드러내는 것입니다. 예술가가 우리에게 주는 즐거움이 있다면 그것은 하나의 또 다른 우주를 보여주는 데 있습니다.

1913년 《르 탕》 인터뷰

『스완네 집 쪽으로』 이후의
집필 계획에 대하여

부인,*

부인께서는 스완 부인이 나이가 들면서 어떻게 되는지 알고 싶어 하셨지요. 부인께 요약하여 말씀드리기가 참으로 힘든 일입니다. 한 가지 말씀드릴 수 있는 건 그녀가 더욱 아름다워진다는 사실이지요.

중년에 접어들면서 오데트는 마침내 스스로를 발견했고 고유의 개성, 다른 누구와도 차별되는 그녀만의 아름다움, 소위 말해 시간의 흐름에 변치 않는 자신만의 인상을 만드는 데 성공했다. 그전까지만 해도 아주 작은 피로감이라도 더해지면 그녀의 언제나 지쳐 보이는 눈가는 일순간에 수년의 세월을 한꺼번

---

* 프루스트와 오랜 우정을 나눈 마리 셰이케비치 부인을 가리킨다. 작가는 『스완네 집 쪽으로』의 앞쪽 빈 페이지에 이 글을 써서 증정한다.

에 더 짙어진 듯 더욱 밑으로 처졌고, 그런 모든 특성이 합해져서 그녀의 얼굴은 왠지 모르게 손에 잡히지 않으며 형언하기 힘든, 그럼에도 매력적인 모습을 하고 있었다. 그러나 나이가 들면서 오히려 그녀는 이러한 자신의 특성을 한 차원 높은 아름다움으로 승화시킴으로써 영원한 젊음을 간직할 수 있게 되었다.*

부인은 그녀의 사교계가 점점 발전하는 모습을 보게 됩니다. 그럼에도 독자는 오데트의 살롱에 여전히 코타르 부인이 드나들면서 (왜인지 그 이유는 마지막에 가서야 알게 되겠지만) 그녀와 다음과 같은 식의 대화를 나누는 것을 보게 되겠지요.

"부인, 오늘 저녁은 유난히 아름다우세요. 레드펀 디자인인가요?" 오데트가 코타르 부인에게 묻는다.

"아뇨, 제가 항상 로드니츠 디자인만 고집하는 걸 아

* 소설의 2권인 『꽃핀 소녀들의 그늘에서』 중. 이 편지를 쓰던 때는 소설의 1권만 출간된 상태다. 첫 권부터 상당히 중요한 비중을 차지하는 오데트 스완은 소설의 마지막 권(7권), 마지막 장면에까지 모습을 나타내는 몇 안 되는 인물 중 하나다.

시잖아요. 그저 약간 수선만 했을 뿐이에요."

"오, 정말 놀라운데요."

"얼마가 들었을 것 같으세요? …… 오, 그럴 리가요! 첫 번째 숫자를 잘못 생각하셨어요." ……

"아니, 벌써 돌아가시려고요? 제 차가 별로 인기가 없는 모양이네요. 그럼 여기 이 못된 것들 좀 드셔보세요. 맛이 기가 막히거든요."*

하지만 저는 부인께서 아직 알지 못하는 인물들, 특히 가장 중요한 역할을 하며 반전을 가져오는 여인인 알베르틴에 대해 말씀드리고자 합니다. 부인께서는 그녀가 여전히 '꽃핀 소녀'일 때 발베크에서 '나'가 그녀의 그늘 아래서 얼마나 즐거운 시간을 보내는지를 보게 될 겁니다. 이어서 '나'는 정말 아무것도 아닌 일에 대해서 그녀를 의심하고, 또 아무것도 아닌 일로 다시 그녀를 믿게 됩니다. "사랑에 빠진 자는 더욱 의심이 많아지고 믿음 또한 더욱 많아지기 때문이다."** '나'는 거기서 멈췄어야 했습니다.

* 『꽃핀 소녀들의 그늘에서』 중.
** 소설의 4권인 『소돔과 고모라』 중.

현명한 자라면 이 소소한 행복을 간직하는 데 만족했을 것이다. 그런 작은 행복이 없었다면 나는 단순한 감수성의 소유자에게 행복이 무엇을 의미하는지를 조금도 의심해보지 않은 채 눈을 감았을 수도 있었다. 짧은 순간 내게 사랑을 속삭이던 목소리에 만족한 채 거기서 멈췄어야 했다. 외로움 속에 나 자신을 가둔 채 그 목소리에 더 이상 말을 걸지 말라고 애원하고 떠났어야 했다. 시간이 흐르면 그 목소리는 전혀 다른 말을 할 테고 그렇게 되면 나의 안일한 행복을 보장하던 평온함은 순식간에 깨져버릴 테니 말이다.*

그러나 시간이 갈수록 '나'는 그녀에게 싫증이 나기 시작합니다. 그녀와 결혼하고자 한 계획이 더 이상 매력적으로 느껴지지 않는 것이죠. 그러던 중 베르뒤랭 부부의 시골 저택에서 저녁 식사를 마치고 돌아온 그녀는 '나'에게 저녁 인사를 하면서 예전에 이미 여러 번 말했던 그녀의 소꿉친구이자 여전히 가까운 사이를 유지하고 있는 친구가 바로 뱅퇴유 양이라고 대수롭지 않게

* 『소돔과 고모라』 중.

이야기합니다. 그날 '나'는 정말 괴로운 밤을 보냅니다. 그리고 아침이 되자마자 울면서 어머니께 달려가 알베르틴과의 약혼을 허락해달라며 애원하지요. 이어서 부인은 긴 약혼 기간 동안 같이 살면서 '나'의 질투심이 그녀를 감금 상태로 가두는 것을 보게 됩니다. 자유가 박탈당한 그녀의 생활은 '나'의 질투심을 안정시켰지만 동시에 그녀와 결혼하고자 하는 욕망도 사라지게 만듭니다. 적어도 그 순간에는 그렇게 믿습니다. 그러다가 어느 화창한 날, 주변에 지나가는 많은 아름다운 여인들을 보며, 알베르틴이 같이 있어서 혼자 떠나지 못하는 그 멋진 여행들에 대해 생각하면서 알베르틴과 헤어질 결심을 합니다. 바로 그 순간 프랑수아즈가 '나'의 방에 들어오며 이별을 통보하는 약혼녀의 편지를 전해줍니다. 그녀는 오늘 아침에 떠났던 겁니다! 그것이 '나'가 원하던 거라 믿었습니다. 그날 '나'는 저녁까지 그녀를 돌아오게 만들 방법을 생각해내기 위해 너무나도 괴로워합니다.

조금 전에도 나는 그것이 내가 원하던 거라 믿었다. 내가 얼마나 나 자신을 몰랐는지 깨닫는 순간, 나는 고통이란 것이 그 어떤 위대한 심리학자가 내린 정의보다도 얼마나 거대한지, 더불어 우리의 영혼을 구성하는 요소들은 인간의 놀라우며 반짝이는 지성에 의해서가 아니라 고통에 대한 즉각적인 반응을 통해 더욱 정확하게 파악될 수 있다는 사실을 이해하게 되었다.[*]

이어지는 다음 며칠 동안, '나'는 그야말로 걸음을 옮길 힘조차 없습니다.

나는 의자를 건드리지 않으려 했고, 피아노에 눈길을 주지 않으려 했으며, 이는 그녀가 사용했거나 나의 기억이 생성한 특별한 언어로 그녀가 떠났음을 알려주고자 하는 다른 모든 사물에 대해서도 마찬가지였다. 나는 소파에 쓰러졌으나 더 이상 그곳에 있을 수 없었다. 나는 그녀가 그 소파에 앉아 있을 때만 그녀와 같이 있었던 것이다. 이렇듯 나라는 존재를 구성하는 작고 다양한 '나'에게 매 순간 그녀가 떠났음을 알려야 했고, "알베르틴이 떠났다"라는 말이 끝없이 되풀이되는 것을 들어야만 했다. 예전에

* 소설의 6권인 『사라진 알베르틴』 중.

그녀의 존재로 충만했던 상태에서 했던 몸짓 하나하나가, 그 아무리 작은 것일지라도 이제는 그녀가 떠났음을 인식한 채 매번 같은 노력을 들여서, 매번 같은 고통 속에서 새로이 해야 했다. 그리고 삶을 이어가기 위해 피치 못하게 해야 할 많은 행위들. ······ 그러다가 이런 안정감을 느꼈다는 사실을 깨닫자 공포심이 나를 사로잡았다. 이와 같은 안정감은 고통과 사랑에 대항해서 싸우다가 마침내 최후의 승리를 거둘 간헐적이며 위대한 힘이 처음으로 등장한 모습이었다.*

이어서 망각에 관한 부분이 이어집니다. 하지만 부인께 결말에 대해 말씀드려야 할 듯해서 중간 부분은 건너뛰겠습니다. 알베르틴은 돌아오지 않습니다. '나'는 그녀가 다른 사람에게 가지 않도록 그녀의 죽음을 바라기에 이릅니다.

오데트가 사고로 목숨을 잃게 된다면 행복, 아니 적어도 고통이 사라짐으로써 안정을 얻게 될 것이라고

---

* 『사라진 알베르틴』 중.

스완은 어떻게 믿을 수 있었던 것일까? 고통을 없앤다? 존재하는 것을 죽음이 없앨 수 있다고 나는 정말 믿었던 것일까?

'나'는 알베르틴이 사망했다는 소식을 접합니다. 알베르틴의 죽음이 진정으로 고통을 없애기 위해서는 그 충격이 실제로 그렇게 했듯이 '나'의 외부에 있는 고통을 없애야 할 뿐 아니라 내부에 있는 고통도 없애야 했습니다. 하지만 내부에 자리 잡고 있던 고통은 그 어느 때보다 강렬했습니다. 어떤 존재가 우리 안에 들어오기 위해서 그것은 특정한 형태를 띠어야 하고 시간의 범위 안에 규정되어야 합니다. 한 방향으로만 흐르는 시간 속에서 그 존재는 우리에게 한 순간에 한 가지 모습만을 보여주고, 한 장의 사진만을 제공할 수 있을 뿐입니다. 인간이 그저 여러 순간들의 혼합물로만 인식된다는 사실은 슬픈 일이자 또한 축복이기도 합니다. 왜냐하면 인간은 기억의 지배를 받고 특정 순간의 기억은 그 이후에 벌어진 일들의 영향 밖에 있기 때문입니다. 기억에 입력된 순간은 지속되고 그 순간은 기억과 함께 그

*『사라진 알베르틴』 중.

안에 있던 존재도 보게 됩니다. 이처럼 기억은 죽은 이를 그가 속했던 순간들과 함께 조각조각 나누면서 동시에 증폭시킵니다.

여러 알베르틴들 중에 하나를 잃은 슬픔을 견뎌야 했을 때 '나'는 또 다른 한 명의 알베르틴, 백 명의 다른 알베르틴과 다시 시작해야만 했습니다. 그때까지 삶에 달콤함을 안겨주던 지나간 순간들의 끊임없는 소생은 그 이후 고통의 근원이 되었습니다. '나'는 여름이 지나가길, 이어서 가을이 지나기길 기다립니다. 하지만 첫 서리가 내리자 또 다른 잔인한 기억이 떠오르고 '나'는 병자처럼(자신의 정신보다는 육체에 ─ 가슴과 기침 ─ 더 집중을 하는 환자처럼) 이런 고통과 심장에 가장 해로운 것은 추운 겨울이라는 사실을 깨닫습니다. 알베르틴과의 추억은 모든 계절과 관계를 맺고 있었기에 그녀에 대한 기억을 잊기 위해서는 다시 읽는 법을 배워나가는 기억상실증 환자처럼 모든 계절들을 잊은 후 다시 배워나갈 것을 감수하고라도 잊어버려야 했습니다. 오로지 '나'의 죽음만이 그녀의 죽음을 잊게 할 수 있었습니다. 하지만 생각해보면 자신의 죽음은 그리 대단한 사건이 아닙니다. 우리는 인지하지 못한 채 매일 죽음을 겪지요. 그녀에 대해 생각하는 것만으로도 '나'는 그녀를 부활시키고, 그녀의 배신은 죽은 자가 하는 것이라고는 믿기지 않았습니다. 그녀가 배신한 순간은 현재가 되고, 이는 그녀에게뿐 아니라 당시 그녀를 바라보았던 다양한 '나'들 중에 하나에게도 마찬가지였습니다. 가령 무엇도 가를 수 없을 듯한 두 연인에게 과거의 일일지언정 무언가 의심을 살 만한 소식이 전해지면 현재의 연인은 당장 질투심에 사로잡혀 상대에 더욱 집착하게 되는 것과 마찬가지입니다. 어떻게 보면 200년 후에도 자신의 이름이 기억되기를 바라는 것보다 죽은 여인이 과거에 불륜을 저질렀다는 사실을 상대방이 알고 있었음을 모른 채 죽었다는 것을 아쉬워하는 편이 더 타당한 일일 수 있습니다.

우리의 감정은 오로지 우리 자신에게만 존재합니다. 우리는 그런 감정을 죽음이라는 허구적인 장벽의 방해를 피해 과거에, 그리고 미래에 투영하지요. 기억이 죽음을 더 이상 떠올리지 않게 되면 매우 사소한 의미 없는 것들이 그 역할을 대신합니다. 사랑에 관한 기억은 모든 것을 약하게 만드는 습관의 지배를 받는 기억의 보편적인 법칙에서 벗어날 수 없기 때문이지요. 그렇게 되어 누군가를 떠올릴 때 가장 효과적인 것을 우리는 가장 잘 잊어버립니다. 그것이 별로 중요한 것이 아니기 때문이지요.

이어서 망각은 '나'의 안에서 조금씩 영향력을 행사하기 시작합니다. 현실에 타고난 적응력을 갖고 있는 망각은 현실과는 끊임없이 잡음을 일으키는 과거를 파괴하는 힘도 있지요. '나'가 더 이상 알베르틴을 사랑하지 않는 것은 아닙니다. 다만 '나'는 함께했던 마지막 순간들에 그녀를 사랑했던 방식이 아니라 초기에 사랑했던 방식으로 돌아가 있음을 발견합니다. 여행을 떠났던 이가 같은 길을 되돌아서 원래 떠났던 장소로 돌아오는 것처럼, 그녀를 완전히 잊어버리기 위해서는, 완전한 무관심에 도달하기 위해서는 그녀에게 가졌던 모든 감정들을 반대로 거슬러 가는 과정을 거쳐야 합니다. 하지만 그 순서가 반드시 정해져 있지는 않습니다. 감정의 여러 단계들 중 어느 하나에 도착하면 우리는 기차가 처음에 출발했던 장소로 되돌아간다는 인상을 받습니다. 기억이 잔인한 이유가 이 때문입니다. 알베르틴은 '나'에게 아무것도 비난할 수 없을 테지요. 우리는 기억하는 것에 대해서만 충직할 수 있으며, 아는 것에 대해서만 기억할 수 있습니다. 새로운 '나'는 사라져가는 과거의 '나'의 그늘에서 자라는 동안 과거의 '내'가 알베르틴에 대해 자주 말하는 것을 들었습니다. 곧 죽어가는

'나'의 이야기를 들으며 새로운 '나'는 그녀를 잘 알고 사랑하기에 이르렀다고 믿게 됩니다. 하지만 그런 애정은 언제까지나 대리품일 뿐이지요. 어떤 행복과 마찬가지로 어떤 불행은 너무 늦게 찾아오기도 합니다. 조금만 더 일찍 왔더라도 발휘했을 효과가 한 발 늦게 찾아옴으로써 완전히 줄어들게 됩니다. 그런 사실을 알게 되었을 때 '나'는 이미 치유가 된 후였습니다. 충격을 받을 이유가 없어졌지요. 그리움은 육체적인 고통이기도 하지만, 여러 육체적 고통들 중에서 기억을 매개로 작용하는 고통은 별도로 취급해야 합니다. 후자의 경우는 치유 가능성이 매우 높습니다. 말기 암 환자는 시간이 얼마 지나지 않아 목숨을 잃겠지요. 하지만 아내를 잃은 늙은 홀아비는 어느 정도 시간이 흐른 후 슬픔에서 극복되지 않는 경우는 거의 없습니다. 부인, 애석하게도 자리가 모자라는군요. 이제부터 흥미로워지기 시작하는데 말입니다.

당신의 마르셀 프루스트

———

1915년

해설

다양한 글로 만나는 프루스트의 입체적 모습

프루스트는 우리에게 『잃어버린 시간을 찾아서』의 작가로 알려져 있다. 이 소설은 작가와 이름이 같은 소년 마르셀의 성장 과정을 다양한 인물들과 함께 프랑스가 가장 부유하고 태평했던 시기 중 하나인 19세기 말 벨 에포크를 배경으로 총 일곱 권에 이르는 방대한 분량으로 펼쳐 보인다. 소설의 마지막 권에서 삶의 권태와 무기력에 빠져 허송세월을 하던 중년이 된 마르셀은 순전히 우연에 의한 일련의 비의도적 기억의 작용으로 결국 작가로서의 소명을 되찾고 남은 삶의 의미를 발견하며 소설은 막을 내린다.

이 작품은 그러나 그 방대한 양과 끝없이 이어지는 긴 문장, 그리고 무엇보다 인물의 내면의 목소리를 심연까지 끈질기게 추적하여 구체적인 표현을 찾아 재현하는 집요함과 구체성으로 독자에게 당혹감과 감탄을 동시에 불러일으킨다. 버지니아 울프는 『잃어버린 시간을 찾아서』를 읽은 후 "프루스트 이후에 더 이상 무엇을 쓸 게 남아 있단 말인가!"라며 자괴감에 빠졌다고 한다. 국내에 이 소설은 이미 여러 차례 번역, 소개되었다.

우리는 프루스트가 소설가가 되기 전에 남긴 다양한 글에 관심을 돌리고자 한다. 작가는 그의 유일한 장편소설인 『잃어버린 시간을 찾아서』를 마흔이 되어서야 집필하기 시작하는데, 그 전에 다양한 글을 신문지상에 발표한다. 이러한 글들에는 이미 『잃어버린 시간을 찾아서』의 주춧돌이 되는 비의도적 기억과 감각, 문체와 형식, 종합적인 건축물로서의 소설, 시간과 죽음 등에 대한 그의 생각이 드러난다. 그리고 프루스트는 이러한 글들에서 소설보다 한층 직접적이고 명확하게 자신의 생각을 전달한다.

이 책에서는 이러한 글들 중 프루스트와 그의 작품 세계에 더 쉽고 흥미롭게 접근할 수 있도록 도와주는 글을 추려 소개한다. 이 책에 담은 글 중에서 폴 모랑의 단편집에 붙인 서문과 1913년 《르 탕》과의 인터뷰를 제외하곤 모두 한국에 처음으로 번역 소개되는 글이다.

'나', 프루스트

「어느 존속 살해범의 편지」는 미치광이도, 천성적으로 흉포한 자도 아니며 프루스트 자신처럼, 우리 모두처럼 지극히 평범하고 일상적인 삶을 영위하던 이도 가장 사랑하는 사람을 살해하는 자가 될 수 있음을 말하고 있다. 물론 여기서 '살해'라고 함은 물리적이며 직접적인 죽임만을 의미하진 않는다. 사랑하는 대상에게 잔인하게 대하거나 걱정을 끼치면서 그 사람을 매일 죽음에 더 가까이 다가가게 함을 은유적으로 표현했다고 이해해야 한다. 프루스트의 지인이자, 프루스트가 보낸 편지에 무엇보다 따뜻함과 배려심이 그대로 느껴지는 답신을 보내기도 했던 반 블라랭베르주가 자신의 어머니를 살해하는 사건이 벌어졌을 때 그는 큰 충격을 받는 한편 결코 남의 일 같지 않게 느꼈다.

어머니에 대한 무한한 애정이 있었음에도, 체질적으로 허약하고 의지도 부족하며 제대로 된 직업도 없어 어머니에게 근심을 안겨준다고 생각했던 프루스트였다. 특히 그는 자신의 동성애를 어머니가 알게 될까 늘 염려하며 자식은 부모를, 가장 사랑하는 존재를 보이지 않는 방식으로 매일 조금씩 죽음으로 밀어 넣고 있다는 죄책감을 느끼고 있었다. 『잃어버린 시간을 찾아서』에는 다양한 인물들이 자신이 사랑하는 사람에게 가장 무자비하고, 잔인하리만치 가혹한 말과 행동을 하는 모습을 볼 수 있다. 마르셀의 이웃이자 동성애인 뱅퇴유 양은 아버지와 같이 살던 바로 그 집 거실에서 아버지의 죽음 이후 동성 애인을 초대하여 육체적 쾌락을 즐긴다. 거기에 더해 아버지의 사진에 침을 뱉으며 모욕을 주는 행위를 통해서 더욱더 사디스트적 쾌감을 느낀다. 동성애에 대한 담론 없이는 소설을 쓸 수 없을 것이란 사실을 알았던 프루스트이기에 어쩌면 아버지, 그리고 어머니의 죽음이 있고 나서야 본격적으로 집필에 전념할 수 있었을 것이다.

「할머니」는 프루스트의 고등학교 친구이자 이후 극작가로 성공하는 로베르 드 플레르의 할머니가 사망했을 때 그녀를 기리고 친구의 슬픔을 위로하기 위해 신문에 발표한 글이다. 글은 로베르와 그 할머니의 관계를 묘사하고 있지만 이는 곧 어린 시절 프루스트를 극진히 사랑하고 애지중지한 할머니와 자신의 관계이기도 하다. 손주에 대한 절대적 사랑과 그 앞날에 대한 걱정 등은 전 세계 모든 할머니의 보편적인 감정이기도 하지만, 『잃어버린 시간을 찾아서』에서는 저녁 산책을 하며 손주의 앞날에 대한 걱정으로 가득 차 비를 맞는다는 것도 인지하지 못하는 할머니의 모습으로 상징된다.

「프루스트에 의한 프루스트」는 스무 살 무렵의 프루스트가 다양한 개인적인 질문들에 짤막하게 답변한 글로 '프루스트 설문지'로도 널리 알려져 있다. 군복무까지 마친 청년 프루스트는 '가장 큰 불행은?'이라는 질문에 '엄마와 외할머니를 알지 못했더라면'이라고 답할 만큼 엄마와 할머니에게 남다른 애정을 지니고 있었다. 『잃어버린 시간을 찾아서』에서 어린 마르셀의 첫 번째 에피소드는 엄마의 잘 자라는 입맞춤 없이 절대로 잠자리에 들지 못한 비극적인 날의 경험과 관련된 것이기도 하다. 이 설문지는 이후 프랑스 텔레비전 역사상 가장 높은 시청률을 기록한 프로그램 중 하나이자 전 세계의 작가들을 초청하여 그들의 책에 관해 대담을 나누며 20년 넘게 방영된 〈아포스트로피〉(이후 〈문화의 용광로〉로 명칭이 바뀜)에서 진행자인 베르나르 피보가 방송 말미에 초대 작가에게 질문함으로써 더욱 유명해졌다. 이 설문지에 대한 간단한 답변들이야말로 각 작가의 취향, 고민, 개성을 가장 즉흥적이며 자유롭게 드러내는 방식이었던 것이다.

이어지는 세 개의 짧은 글(「만약 루브르 박물관에……」,

「만약 당신이 노동자로 일해야 한다면……」, 「만약 세상에 종말이 온다면……」)은 모두 소설의 2권인 『꽃핀 소녀들의 그늘에서』가 1919년 공쿠르 문학상을 받으며 프루스트의 작가적 명성이 확고해진 후 신문에 발표된 글이다. 가상의 상황을 설정하여 던지는 기자의 질문에 유명인들이 답변을 하는, 당시 유행하던 형태의 신문 글이다. 삶과 예술을 사랑하는 프루스트 개인의 면모를 단편적으로 엿보는 즐거움이 있다.

특히 1922년 8월에 발표된 마지막 글에서 세상에 종말이 온다면 무엇을 하겠느냐는 질문에 그는 오늘 삶을 사랑하기 위해서 반드시 세상의 종말이 필요하지는 않다며, "우리가 모두 인간이고 오늘 밤 죽음이 찾아올 수도 있다는 사실을 떠올리기만 하면 된다"라고 답변하는데, 그로부터 석 달 후 프루스트가 마침내 자신의 원고에 '끝'이라는 단어를 힘겹게 쓰고 51세의 길지 않은 생을 마감한다는 사실을 떠올리면 이 무렵 이미 죽음을 예감한 것으로 생각된다. 이후 프루스트의 원고는 편집자들의 손을 거쳐 작가 사후에 완간된 형태로 출간된다.

존 러스킨과 성당

프루스트는 소설가가 되기 전 번역가와 문예평론가로서 활동했다. 아버지는 유명한 위생학자이자 의과대학 교수였고 남동생 또한 의사였기에 프루스트 또한 사회적 성공과 명성에 민감했다. 그런 그가 영국 빅토리아시대의 저명한 예술평론가이자 화가, 사회운동가이기도 한 존 러스킨에 관해 일련의 기사를 쓰고 그의 저서를 번역하기로 선택한 것은 우연이 아니다.

「러스킨 순례길」은 1900년 1월, 러스킨이 사망하자 그를 기리기 위해 신문에 발표한 글이다. 러스킨이 애정을 가지고 있었던 프랑스의 시골 마을, 특히 정겨운 성당을 보유한 아브빌과 아미앵에 대한 묘사를 읽으며 독자는 프루스트가 그랬던 것과 마찬가지로 당장 그곳에 달려가 러스킨이 묘사한 이름 없는 작은 조각상을 직접 보고 어루만지고 싶은 충동을 느낄 것이다.

프루스트는 러스킨의 『아미앵의 성서』와 『참깨와 백합』를 번역하는 데 6년을 할애하고, 그 과정에서 번역 자체보다 주석과 서문을 작성하는 데 더욱 많은 공을 들였다. 「『아미앵의 성서』 역자 서문」에서 프루스트는 러스킨의 우상숭배를 서슴없이 비난하기도 한다. 프루스트의 번역서는 평단에서 상당히 긍정적인 평가를 받았고 그는 프랑스에서 러스킨 '전문가'로 명성을 확보한다. 그러나 이러한 문단의 평판보다 그가 러스킨을 통해서 얻은 보다 근본적이며 생산적인 수확은 고딕 성당과 중세 및 르네상스 이탈리아 회화의 발견이다. 수세기에 걸쳐 완성되는 성당이라는 건축물을 통해 자신이 구상하는 이상적인 예술의 양상을 본 것이다. 즉 시간이라는 요소가 가미된 종합적 예술 작품으로서 자신이 쓰게 될 소설 또한 성당과 같은 구조를 띠게 될 것이라 구상한다.

「성당의 죽음」은 1904년 《피가로》에, 이어서 프루스트가 여러 지면에 발표한 글들을 모아 발표한 1919년 저서인 『모작과 잡록』에 수록된 글이다. 이 책에는 후자에 실린 글을 번역했는데, 프루스트 자신도 글의 주석에 밝히고 있지만 그사이 10여 년이란 시간이 흐르는 동안 프랑스에서 '성당의 죽음'은 전혀 다른 의미를 가지게 되었다.

프루스트가 처음에 이 글을 쓰게 된 배경에는 그 무렵 가장 뜨거운 논쟁의 대상이었던 '종교분리법'의 제정이 있다. 전통적으로 가톨릭 국가인 프랑스는 이제 종교를 모든 공권력으로부터 법률적으로 분리하기 위해

진통을 겪고 있었다. 만약 이 법안이 통과할 경우 프루스트는 자신이 그토록 사랑하는 성당들이 과거의 유물로 전락할 것을 염려하며 정부가 성당에, 종교 전례에, 종교인들에게 계속해서 지원할 것을 호소한다.

이때 그가 길게 인용하는 에밀 말의 중세 성당에 관한 저서는 프루스트가 러스킨의 『아미앵의 성서』를 번역할 때 곧잘 참조하던 안내서였다. 가톨릭을 믿는 아버지와 유대인 어머니 사이에서 자란 프루스트는 세례도 받고 일요일에는 미사에 참여하는 전통적인 가톨릭교인으로서 자랐지만 정작 성인이 된 그는 무신론자에 가까웠다. 그런 그가 종교분리법에 반대한 이유는 자신이 교인이기 때문이 아니라 살아 있는 예술 작품으로서 성당에 불이 꺼지면 그 생을 다할까 하는 염려 때문이었다. 그러나 이후 같은 글을 1919년 선집에 수록할 때 '성당의 죽음'은 전혀 다른 의미를 띤다. 제1차 세계대전을 겪으며 독일군의 비행기와 체펠린비행선의 폭격으로 프랑스의 수많은 성당들이 파괴된 직후였기 때문이다.

「살아남은 성당들」에서 프루스트는 자동차를 타고 부모님 댁을 찾아가는 과정에서 받은 인상을 묘사한다. 낮은 언덕을 지나며 저 멀리서 캉의 생테티엔 성당을 이루는 두 개의 종탑과 조금 떨어진 생피에르의 종탑은 그것을 바라보는 사람의 위치에 따라, 변화하는 거리와 각도에 따라 때로는 세쌍둥이처럼, 때로는 서로 합쳐져 하나의 기둥처럼 보인다.

프루스트는 세 종탑을 묘사한 「살아남은 성당들」의 일부를 거의 그대로 『스완네 집 쪽으로』에 옮겨놓는데, 소년 마르셀이 어둠이 깔리기 시작할 무렵, 이동하는 마차 안에서 바라본 마을의 성당을 이루는 세 종탑의 인상을 다룬 부분이다. 그전까지 어린 마르셀은 비를 맞은 산사나무 꽃 앞에서, 혹은 비본강 앞에서 그 아름다움에 동요되지만 이러한 자신의 마음을 표현할 구체적 방법을 찾지 못해 그저 "제기랄, 제기랄!" 하고 탄식할 뿐이었다. 자신에게 손 흔들어 인사하는 수줍은 세 여인처럼 함께했다 이내 사라지는 종탑들로부터 받은 인상을 마르셀은 흔들리는 마차 안에서 사라지기 전에 서둘러 글로 표현한다. 소년 마르셀이 자신에게 찾아온 문학적 영감을 처음으로 구체적 단어로 승화한 경험이다.

이후 이 글은 소설의 6권인 『사라진 알베르틴』에 다시 잠깐 언급된다. 이때는 어른이 된 마르셀의 방에 어머니가 기쁨에 겨운 표정을 숨긴 채 세 종탑에 관한 아들의 글이 게재된 《피가로》를 슬쩍 두고 간다. 실제로

「살아남은 성당들」은 「자동차 여행의 인상」이라는 제목으로 1907년 《피가로》에 발표된 글이다. 프루스트는 자신의 소설에 실재와 허구를 자유롭게 혼합한 것이다. 실제 존재하는 대상은 일정한데 그것을 보는 주체의 각도, 심리, 배경에 따라 다양하게 보인다는 설정은 비단 종탑에 한정되지 않고 프루스트 작품에서 마르셀이 바라보는 수많은 인물들에게도 적용된다. 마르셀이 사랑에 빠지는 알베르틴은 때론 교양 있는 여인 같다가 때론 속된 여인 같고, 처음 그녀의 뺨에 있다고 생각했던 점이 갑자기 턱 밑으로 이동하거나, 심지어 그녀가 여자가 아니라 남자로 보이기도 한다.

이러한 프루스트식 글쓰기는 루앙 성당을 새벽녘의 어린 태양빛에서부터 정오의 이글거리는 빛, 해 질 녘의 어슴푸레한 빛, 한밤의 짙은 어둠 속에서 바라보며 받은 다양한 인상을 수십 장에 걸쳐 연작으로 표현한 모네의 인상주의 회화, 혹은 3차원의 여인을 다양한 각도에서 바라보며 해체한 후 다시 캔버스라는 2차원에 종합하여 표현한 피카소의 입체주의 회화를 문학적으로 표현한 글쓰기로 평가된다.

그러나 러스킨 번역가라는 후광도 잠시, 프루스트는 마흔이 넘을 때까지 이렇다 할 특별한 작품을 단 한 편도 발표하지 못한다. 그는 자전적 요소들로 가득한 『장 상퇴유』라는 소설에 4년을 할애하지만 결국 결말을 맺지 못한 채 미완성으로 남겨둔다. 『장 상퇴유』에서 장이라는 소년의 성장 이야기는 3인칭 '그'로 진행되어 진정한 내면의 '나'의 발견이 이루어지기 전이었다. 또한 시간과 기억의 관계를 깨닫지도, 작가로서의 소명을 발견하고 실현하기도 전이었기에 결코 완성될 수 없는 소설이었다.

소설에 이어 이번에는 평론이라는 장르에 도전하는데, 『생트뵈브에 반박하여』라는 비평서를 시도하나 이 또한 미완성으로 살아생전 출간되지 못한다. 프루스트는 이미 생트뵈브 식의 전기적 비평과는 반대되는 생각, 즉 한 작가를 평가하는 기준은 작가의 인품이나 개성, 사회적 매너와 평판이 아니며 오로지 작품만이 유일하다는 믿음은 확고했으나, 그의 이론을 전개할 수단으로서 '비평서'라는 형태는 적절한 선택이 아니었다. 그럼에도 이 비평서가 문학적 의미를 갖는다면 그것은 『잃어버린 시간을 찾아서』의 첫 번째와 마지막 에피소드가 이미 담겨 있는 서문 때문이다.

본격적으로 소설 집필을 시작하기도 전 프루스트의 머릿속에는 이미 자신이 쓰게 될 작품의 처음과 끝이 결정되어 있었던 것이다. 프루스트는 이제 소설은 '내용'의 문제가 아닌 '형식'에 관한 것이어야 함을 깨달았고, 플로베르의 소설과 보들레르의 시에서 문체의 혁명이 일어났음을 알아보았다. 반면 여전히 작가 중심적인 세계관으로 작가를 통해 작품을 설명하려 한 당대 최고의 평론가였던 생트뵈브, 그리고 청년 시절 프루스트의 멘토이기도 했으나 이후 문체에 대한 무지와 둔감함을 증언한 아나톨 프랑스(특히 노벨 문학상을 수상하기도 한 프랑스는 프루스트의 개인적인 부탁을 받고 그의 데뷔작이자 자비로 출간한 호화 양장판인 『기쁨과 나날』에 서문을 작성해준 바도 있다!)에게는 등을 돌린다.

이와 같은 다양한, 그러나 실패로 돌아간 시도들 이후에 프루스트는 자신의 문학론 및 러스킨을 번역하며 깨달은 우상숭배의 함정, 또한 삶보다 위대하고 죽음마저도 뛰어넘을 수 있도록 허락하는 것은 예술뿐이라는 믿음, 동시에 인간의 보편적 삶의 수많은 감정들을 전개할 수 있는 방식으로서 제3의 형태, 즉 소설과 평론을 아우르는 형태를 취해야 함을 알게 된다. 그리고 이는 곧 일인칭 화자 '나'의 목소리를 통해 『잃어버린 시간을 찾아서』로 탄생한다.

「자크에밀 블랑슈의 『화가의 이야기』 서문」은 프루스트의 친구이자 초상화가로 당시 사교계의 유명 인사였던 블랑슈가 쓴 미술평론서에 실린 서문이다. 이 책은 블랑슈가 신고전주의 화가 다비드에서부터 인상파 화가 르누아르, 세잔, 드가 등에 대해 쓴, 그야말로 화가가 쓴 화가에 관한 이야기다. 그런데 친구의 부탁을 받아 작성한 서문이라는, 책의 첫 인상과도 같은 글에서 프루스트는 블랑슈의 평론 방법을 비판한다. 그는 이미 한 차례 『아미앵의 성서』 역자 서문에서 원작가인 러스킨의 비평론을 서슴없이 비판한 바 있다. 블랑슈에게서도 프루스트는 생트뵈브가 이미 저지른 오류를 재차 발견한다. 생트뵈브와 마찬가지로 블랑슈 또한 오로지 작품만을 평가 대상으로 삼는 대신 그것을 제작한 예술가에 기대어 설명하려 한 것이다.

한편으로 프루스트의 고향이기도 한 오퇴유에서 살던 블랑슈였기에 프루스트는 서문에서 작가적 자유를 마음껏 발휘하며 오퇴유에서 지냈던 외종조부 댁의 서늘한 이층 방, 작은 거실, 부엌에 관한 일련의 묘사를 풀어낸다. 이와 같은 어린 시절 집의 인상은 소설 속 콩브레의 집에 관한 묘사에 그대로 부활한다. 당대 최고의 인기 초상화가 중 한 명이었던 블랑슈는 문학적 재능도 뛰어나 30여 권의 미술비평서 및 소설들도 출간했다. 그러나 오늘날까지 가치를 유지하는 그의 거의 유일한 예술 작품은 오르세 미술관에 소장된 젊은 프루스트의 초상화가 아닐까?

「플로베르의 문체에 관하여」에서는 플로베르가 문체에 생명력을 불어넣음으로써 기존 소설에 혁명을 일으켰다는 프루스트의 평가를 볼 수 있다. 기존 소설의 작법을 완전히 뒤집고 특정 시제와 품사와 구두점을 완전히 새롭게 활용하는 방식으로 플로베르는 전통 소설을 파괴했다. 프루스트는 플로베르를 통해 내용이 아니라 형태의 변화만으로 완전히 새로운 소설의 세계가 열릴 수 있음을 보았던 것이다.

이 외에도 프루스트는 화가 게인즈버러에 관한 평론서를 쓴 가브리엘 무레의 저서에 관해 서평을 발표하고, 폴 모랑의 소설집 『연한 새순』에 서문을 써주기도 한다. 또한 「독서의 나날」이라는 사설도 발표한다. 모두 프루스트가 사교계 모임에 활발히 참여하며 친분을 맺은 다양한 예술가들과 관련하여 쓰게 된 글들이다. 그는 당대 저명한 작가들로 활발히 활동했던 생트뵈브와 아나톨 프랑스의 문학론을 정면으로 반박하고, 서문이나 서평의 대상인 원래 작품과는 전혀 관계없는 듯한 엉뚱한 개인적인 기억과 상념을 풀어내기도 한다. 우리는 이러한 프루스트의 글들에서 그가 소설 속에서 펼치게 될 무의식의 흐름의 하나로서 여담의 법칙이 갖는 매력과 의미를 발견하게 된다. 프루스트는 다른 작가를 분석하는 글에서 자신을 분석하고, 다른 작품을 소개하는 글을 자신의 작품을 구상하는 기회로 활용한다. 결과적으로 오늘날의 독자가 알지 못하는 작가나 작품에 관한 것이라도 그 자체만으로 별개로 읽힐 수 있는 즐거움을 느낄 것이다.

잃어버린 시간을 찾아서

1913년, 소설의 1권이 출간된 직후 《르 탕》과 한 인터뷰, 그리고 그 이후 제1차 세계대전의 발발로 다음 권들의 출간이 중단된 상황에서 소설이 어떻게 전개될 것인지 질문을 한 오랜 친구에게 『스완네 집 쪽으로』를 선물하며 앞쪽 빈 공간에 여덟 쪽에 걸쳐 쓴 긴 글은 『잃어버린 시간을 찾아서』를 통해 프루스트가 근본적으로 추구한 가치와 소설 구상 과정에 관한 소중한 자료가 된다. 프루스트는 완간된 형태의 소설을 한 번에 발표하기를 원했으나 "요즘 아파트에 넣기에는 너무 큰 양탄자를 가지고 있어서 그것을 어쩔 수 없이 잘라버린 사람"과 같은 심정으로 첫 권만 우선 출간했고, 당시 평단과 독자의 무관심 내지 비난 속에서도 소설이 나아가야 할 방향에 확신을 가지고 있었다.

매번 새로운 위대한 예술가가 나타날 때마다 새로운 우주가 생성된다고 한 프루스트의 말처럼, 우리는 이번 프루스트 산문집을 통해 그가 빚은 세계에, 그토록 보편적인 요소들을 다루고 있으면서 그토록 특별한 그만의 방식으로 구체화한 그의 세계에 한 걸음 가까이 다가갈 수 있기를 바란다.

유예진

어느 존속 살해범의 편지
—— 그리고 그 밖의 짧은 글들

초판 1쇄 발행   2021년 1월 5일

지은이   마르셀 프루스트
옮긴이   유예진
펴낸이   조미현

책임편집   김호주
디자인   나윤영

펴낸곳   (주)현암사
등록   1951년 12월 24일 제10-126호
주소   04029 서울시 마포구 동교로12안길 35
전화   02-365-5051
팩스   02-313-2729
전자우편   editor@hyeonamsa.com
홈페이지   www.hyeonamsa.com

ISBN 978-89-323-2104-2 03860

이 도서의 국립중앙도서관 출판예정도서목록(CIP)은 서지정보유통지원시스템 홈페이지
(http://seoji.nl.go.kr)와 국가자료공동목록시스템(http://www.nl.go.kr/kolisnet)에서
이용하실 수 있습니다.(CIP제어번호 CIP2020052224)